Bibliografische Information der Deutschen Bibliothek
Die Deutsche Bibliothek verzeichnet diese Publikation in der Deutschen Nationalbibliographie.
Detaillierte bibliographische Daten sind im Internet unter http://www.dnb.d-nb.de abrufbar.

ISBN 978-3-928013-58-1

Projektleitung: Melanie Beulich, Irene Schumacher

Kontakt: Diakonieverein beim Diakonischen Werk Freiburg e.V.
Dreisamstraße 3-5
79098 Freiburg
diakonie@diakonie-freiburg.de

Redaktion und Layout: Barbara Angelé, Fiona Brauer, Natali Culo, Yeliz Durmus-Yilmaz, Chang-Chi Pink-Wan, Alissar Rihan, Inna Sawal, Wenjuan Wu

Illustration und Beratung Layout: Myriam Petzold
Fotos: Irene Schumacher und Autorinnen der Rezepte
Druck: Druckerei schwarz auf weiss, Freiburg

Dieses Buch entstand im Rahmen des Projektes „Suppenküche international" des Diakonievereins Freiburg e. V.
in Kooperation mit: Kommunikation und Medien e.V. Freiburg
schumacher@kommunikation-und-medien.de

Gefördert von:

Förderung Drucklegung: Büro für Migration der Stadt Freiburg, Wilhelm Oberle Stiftung, OFF - Obdach für Frauen Freiburg e.V., Stiftungsverwaltung Freiburg, Bereich Migration der Ev. Landeskirche in Baden, Freiburger Bürgerstiftung

Verlag: Jos Fritz Buchhandlung Antiquariat Verlag GmbH
Wilhelmstr. 15, D-79098 Freiburg

2. Auflage, Freiburg 2012

Suppenkochbuch

Rezepte und Geschichten von Freiburgerinnen aus aller Welt

Melanie Beulich / Irene Schumacher

Diakonieverein Freiburg e.V. (Hrsg.)

jos fritz. bücher
www.josfritz.de

Grußwort

der Geschäftsleitung
des Diakonievereins Freiburg e.V.

Mit dem vorliegenden „Suppenkochbuch“, das im Rahmen des Stärken-vor-Ort-Projektes „Suppenküche international“ erstellt wurde, bekommen wir ein einmaliges und ganz besonderes Kochbuch in die Hand.

Besonders nicht nur durch die Gestaltung und Aufmachung, durch das Engagement der Projektleiterinnen und „Suppenköchinnen“, durch die darin enthaltenen Köstlichkeiten und durch den Kreis der Projektförderer (BMFSFJ, ESF, EU Europäische Union, Stadt Freiburg und Diakonie Freiburg). Nein, das Besondere aus unserer Sicht ist die sehr gelungene Verknüpfung von Kreativität, individuellen Stärken der Beteiligten und dem alltäglich Notwendigen, dem Essen – das möglichst variantenreich, unterschiedlich und schmackhaft sein soll – und dies möglichst überall in der Welt – und vor allem in Freiburg.

Wir freuen uns, Ihnen dieses gelungene Werk in die Hand zu geben. Als Projektträger und Herausgeber bedanken wir uns auch ganz besonders bei allen Beteiligten und Mitwirkenden.

Wir fordern Sie auf: Nutzen Sie die Rezepte, kommen Sie in Kontakt mit anderen Kulturen und Genüssen, erkennen Sie das Gemeinsame, aber auch das Unterschiedliche in den Speisen und werden Sie so zum Botschafter einer gemeinsamen, doch unterschiedlichen und dadurch besonderen Welt.

Viel Spaß, viel Freude und guten Appetit wünschen

Angelika Hägele
Stellv. Geschäftsführerin

Jochen Pfisterer
Geschäftsführer

Inhalt

Zum Nachschlagen

Redaktionsgruppe des Suppenkochbuches:
Chang-Chi Pink-Wan, Fiona Brauer, Barbara Angelé, Wenjuan Wu, Inna Sawal, Natali Čulo, Alissar Rihan, Melanie Beulich, Irene Schumacher, Yeliz Durmus-Yilmaz

Vorwort

Köstlichkeiten von Freiburgerinnen aus aller Welt: 40 Rezepte von 50 Frauen aus 21 Ländern

Wie Freiburgerinnen aus aller Welt mit ihrer Kultur und landestypischen Rezepten Freiburg bereichern, das war der Ausgangspunkt dieses Suppenkochbuches.
Die Redaktionsgruppe, bestehend aus acht Frauen unterschiedlicher Herkunftsländer, traf sich zunächst im Quartiersladen Stühlinger und erarbeitete in einem ersten Schritt die Konzeption, verständigte sich über den Inhalt und das Layout ihres Buches. Inspiriert durch eine kreative Schreibwerkstatt entstanden dabei auch lyrische Suppentexte. Binnen kurzer Zeit kristallisierte sich in den Diskussionen heraus, dass die Redaktion neben den kulinarischen Genüssen auch die Frauen sichtbar machen wollte. Eine Vielfalt von Freiburgerinnen sollte zur Mitwirkung am Kochbuch gewonnen werden – von der Hausfrau bis zur erfolgreichen Geschäftsfrau. Und gezeigt werden, welche persönliche und kulturelle Bedeutung die Suppe für sie hat, welchen Bezug sie zu Freiburg haben, für was sie sich engagieren und welche Angebote sie empfehlen. Deshalb finden sich im Anhang Informationen zu den vielfältigen Angeboten für Frauen in Freiburg.
Die Schritte zur praktischen Umsetzung waren dann: Frauen oder Einrichtungen ansprechen, diese beim Verfassen der Beiträge unterstützen – aber auch gemeinsam die köstlichen Suppen schlemmen. Nach einer Einführung in die Programme folgte schließlich die Eingabe der redaktionell überarbeiteten Beiträge und Fotos ins Layout bis zum nun vorliegenden Ergebnis.
Ziel unseres Vorhabens war es, den interkulturellen Austausch zu fördern, neue Kenntnisse zu vermitteln und Frauen bei der Produktion eines professionellen Buches zu unterstützen.
Dank des kochfreudigen und engagierten Redaktionsteams das gelungen.

Melanie Beulich und Irene Schumacher

Das Kochbuchprojekt war für uns...

„Lust auf Genuss", das ist unser Suppenkochbuch. Es hat mir Freude gemacht, die tollen Rezepte, Geschichten und Bilder der Frauen kennenzulernen.

Chang-Chi Pink-Wan

In unserem Alltag haben wir nicht viel Zeit, uns an unsere Kindheit und die schönen Erlebnisse im Elternhaus zu erinnern. Die Mitarbeit beim Suppenkochbuch hat mir erlaubt, wieder in die Vergangenheit einzutauchen. Die Zeit der Erstellung des Suppenkochbuches war geprägt von interessanten neuen Bekanntschaften und deren Kenntnissen. Ich freue mich sehr, dass ich an diesem Projekt teilnehmen konnte.

Inna Sawal

Während der Produktion unseres Kochbuches habe ich nicht nur neue Kenntnisse erworben, sondern auch ein kooperatives, verantwortungsvolles Team kennengelernt. Ich freue mich, dass ich ein Teil dieses Teams bin.

Wenjuan Wu

Beim gemeinsamen Essen hat sich für mich der Unterschied von Kultur- und Länderzugehörigkeit völlig aufgehoben. Wir waren einfach nur noch Menschen, essend am Tisch.

Barbara Angelé

Liebe LeserInnen,

das Kochen erinnert uns oft an vergangene Zeiten. Im Alltag bleibt häufig wenig Zeit, sich an das Elternhaus zu erinnern, in dem man sich wohl und geborgen fühlte.

Mit unseren Rezepten und Geschichten wollen wir Sie einladen, sich auf eine Reise in die Vergangenheit zu begeben, an den wichtigsten Ort des Hauses: in die Küche, seit jeher der Ort, an dem der Mensch mit Wärme und Nahrung versorgt wird. Mit ihrem Kochherd, der eingeheizt werden musste, auf dem die Suppe im Kochtopf köchelte, die den Duft von frischen Zutaten und Kräutern verströmte. Wenn wir Ihnen mit unserem Buch ein Gefühl von Geborgenheit vermitteln können, bleiben wir mit einem Lächeln zurück.

Über bestehende Netzwerke, ausgehend vom Stadtteil Stühlinger und den Treffpunkten „FrauenSTÄRKEN im Quartier", motivierten wir viele Frauen, sich an unserem Suppenkochbuch zu beteiligen (Seite 122). Wir sind stolz darauf, dass wir auch zahlreiche Frauen gewinnen konnten, die sich nun erstmals öffentlich präsentieren.

Unser Suppenkochbuch ist ein kulinarischer Spaziergang durch Freiburg. Die große weite Welt zu Hause in Freiburg. Fünfzig Frauen präsentieren ihre Suppenrezepte und Erinnerungen und geben hierüber einen kleinen Einblick in Küchen aus unserer Stadt. Von A wie Arabische Gemüsesuppe bis W wie Won-Ton Suppe.

„Suppe ist wie ein Gefühl von Heimat"

Viel Spaß und Unterhaltung beim Durchblättern und Nachkochen.
Genießen Sie unsere Vielfalt!

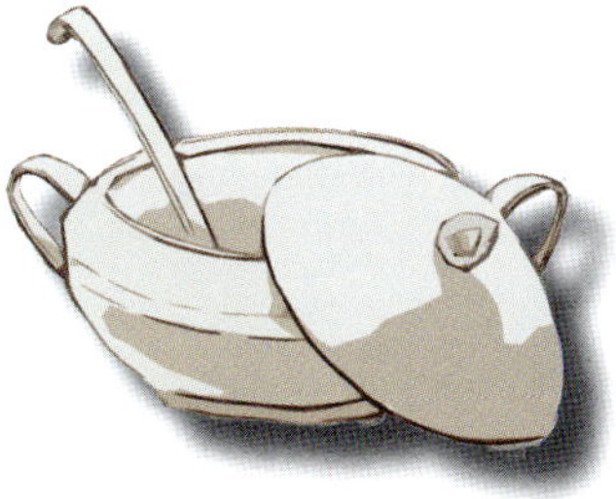

Ihr Redaktionsteam
Chang-Chi Pink-Wan, Fiona Brauer, Barbara Angelé, Wenjuan Wu, Inna Sawal, Natali Čulo, Alissar Rihan, Yeliz Durmus-Yilmaz

Suppe ist mehr als ein Wort

Ergänzend zu den wunderbaren Rezepten, Bildern und sinnlichen Eindrücken der Suppen aus aller Welt, haben wir uns dem Geheimnis der Suppe auch sprachlich angenähert.
Mit Methoden des kreativen Schreibens haben wir uns selbst davon überraschen lassen, welche Vielfalt der Worte, welche Abenteuer und Erinnerungen, welch tiefe Sehnsüchte und launige Anekdoten rund um die Suppe in uns stecken.
Wir haben gemeinsam Suppen gekostet, unseren Wortschatz bereichert, uns gegenseitig Impulse zugespielt und Texte verlesen.
Es ging nicht darum, die Texte zu verstehen, sondern sie zu erleben, so spontan, wie sie entstanden sind.
Besonders schön waren auch die fremden Schriftzeichen und die geheimnisvollen Töne der Sprache, wenn Frauen in ihrer Heimatsprache schrieben und lasen.
So ist es auch mit der Suppe. Man muss nicht unbedingt wissen, was drin ist, um sie heiß geliebt zu genießen.
Ein paar kleine Impressionen aus unserem Workshop sind hier im Suppenkochbuch abgedruckt.
Ich habe mich sehr darüber gefreut, als kreativ Schreibende, Sozialarbeiterin und Suppenliebhaberin an dieser wohltuenden Frauenrunde teilhaben zu können.

Annette Aly

Yum-Yum

Sie sind überall. In meiner Schreibtischschublade. Im Büroschrank. Über dem Herd. Im Rucksack obenauf. Unter der Spüle. In Körben, Einkaufsbeuteln und Tragetaschen. Geheimnisvolle Zeichen, wundersame Bilder aufgedruckt, in Packen geschnürt.
Vier Tütchen gehören zusammen. Das erste klopfe ich sanft, dass es knistert und knackt. Schon rieseln die Stückchen in den Topf. Das zweite ist schon kleiner. Ich schneide es vorsichtig, nur am oberen Rand ein schmaler Streifen, drehe es geschwind, schwupps, schon ist es leer.
Das dritte ist wiederum kleiner. Ich presse und rolle es, dass nichts zurückbleibt im Tütchen. Ich will ihn auskosten, den vollen Geschmack. Das vierte ist winzig. Fünf Tropfen exotischer Würze, scharf und fremd. Noch ein Glas heißes Wasser dazu, fertig. Nichts mehr braucht es zum köstlichen Genuss. Das Rezept ist unergründlich und einzigartig. Frag nicht und urteile nicht. Genieße schweigend. Eines Tages reise ich nach Asien, um das Geheimnis von Yum-Yum zu ergründen.

Ich gestehe,
ich liebe Tütensuppen.

Sinnenprotokoll

Brodelndes Heiß,
klappern der Teller, ein
Kind hustet,
Licht bricht sich
in meiner Suppe
ein Brocken Brot,
der versinkt,
in duftendem Grün
salzige Würze
Lachen und Tränen
Erinnerungen
Mütter, Großmütter
und Kinder
gastliches Mahl
Reichtum und Armut
Suppen dieser Welt

Suppenheimat

(Automatisches Schreiben)

Ich erinnere mich an meinen Vater, wenn ich an Suppen denke. Er kann zwar sehr gut kochen, aber seine Arten sind beschränkt und nach einer Weile möchten wir was anderes probieren.

Es gefällt mir, wenn die Suppen schön aussehen, sogenannter sinnlicher Genuss. Ich koche gerne Suppe, weil in meinen Gedanken Suppen gesund sind. Besonders wenn die Kinder schnell wachsen, brauchen sie unbedingt gesunde Ernährung, um die gute körperliche Kondition ausbauen zu können. Verschiedene, landestypische Suppen, einfache Suppe, würde ich immer kochen. Weil es um die Kultur, die Nationalität geht.

Ich vermisse meine Heimat, weil es dort viel leckeres Essen gibt. Im Norden essen die Menschen stark geschmackvolles Essen, eher salzig. In der Mitte von China essen sie mehr scharfes, weil das Wetter dort warm und feucht ist.

Wenjuan Wu

Suppe ist wie Liebe

Heiß bereitet,
erkaltet der Rest
Würze des Lebens
mal feurig, mal fad
es gibt kein Rezept
wenn es schmeckt,
ist sie gut

Gib Wasser dazu
ein Stück auch vom Fleisch
und ein Kraut ab und zu
klar und fein
manchmal grundlos und
tief
sie ist was sie ist
Suppe und Liebe
für jeden ein Fest

Annette Aly

Mitternachtssuppe

(Geschichte nach vorgegebenen Worten: Silvester auf dem Mond, Fahrrad, Nudelsuppe, Schuldirektor)

Schuldirektor Mollenhuber trat mächtig in die Pedale. Es war bereits halb zwölf. Der riesige Rucksack klebte an seinem schweißnassen Rücken und die Gurte schnitten ihm in die Schultern, 100 Liter heiße Nudelsuppe. Seine Frau Martha war zwei Tage lang beschäftigt mit dem Ausrollen der Hackbällchen, all den winzigen Gemüsewürfeln und den Eiernudeln, die sie eigenhändig gewalkt und zum Trocknen auf die Wäscheleine gehängt hatte.
Er würde sie mit der köstlichen Suppe überraschen. Die Straßen waren bereits leer um diese Zeit, sicher waren alle schon oben auf dem Berg. Seine Schüler, seine Kollegen, der Schulrat und die Honorigen der Stadt.
Es war sein letztes Jahr an der Schule. Ein letztes Mal dabei sein. Schuldirektor Mollenhuber kämpfte mit den Tränen. Und mit dem steilen Berg, den er schmerzhaft in seinen Waden spürte.
Dann sah er die Kuppe. Sein Herz raste, als wolle es aus der Brust springen. „Wartet, ich komme!“, rief er schnaufend. Bis auf den Mond hörte ihn niemand.
Die Glocken der ganzen Stadt hatten begonnen zu läuten und erste Raketen schossen gen Himmel. Es war Silvester. Schuldirektor Mollenhuber weinte und salzte mit seinen Tränen die letzte Nudelsuppe seiner Amtszeit.

Annette Aly

Suppe ist wie ...

... ein Gefühl von Heimat
... eine gute Freundin, die mir ein glückliches Gefühl geben kann
... Heimkommen
... Luft, ohne kann man nicht leben
... Balsam für die Seele
... die Liebe von meiner Mama

Redaktionsgruppe

Suppenhuhn

Kochtopf her
Rein mit dir!
Suppengrün und
Gewürze dazu
Endlich gesund!

Irene Schumacher

Suppennudel

Du Nudel
Komm endlich raus!
Du schmeckst mir
Hunger

Yeliz Durmus-Yilmaz

Grah sa suhim rebrima

Kroatische Bohnensuppe mit geräucherten Rippchen

Zutaten

Für 4-6 Personen

500 g weiße Bohnen
500 g geräucherte Rippchen
2-3 frische oder getr. Peperoni
2 EL Schmalz oder Öl
1 EL Mehl
2 TL Rosenpaprika
Pfeffer, 1 Lorbeerblatt
1 - 2 kl. Zwiebeln
2 - 3 kl. Kartoffeln
1 - 2 Karotten
1 - 2 Knoblauchzehen

Zubereitung

Bohnen über Nacht in kaltem Wasser ziehen lassen. Anschließend mit frischem, kalten Wasser übergießen, aufkochen, abschütten, mit warmem Wasser übergießen. Kartoffeln in Stücke, Karotten in Scheiben schneiden und zufügen. Zum Kochen bringen und anschließend mit Rippchen, einem Esslöffel Öl, Peperoni, Lorbeerblatt, Pfeffer und ganzer Zwiebel zwei bis drei Stunden köcheln, bis die Bohnen weich werden.
Eine Stunde vor Schluss klein gehackte Knoblauchzehen zugeben.
Für die Schwitze: In einer kleinen Pfanne Fett erhitzen und Mehl darin hellbraun anschwitzen. Rosenpaprika dazu mischen und unter Rühren zu den Bohnen geben. 10-15 Min. weiter köcheln. Gelegentlich umrühren. Nicht salzen, da die Rippchen ziemlich salzig sind.
Dazu isst man weißes Brot und als Salat eingelegte Paprika.

Anmerkung: Falls die Rippchen sehr salzig sind, einmal kurz separat aufkochen, herausnehmen und erst dann zu den Bohnen geben.

Guten Appetit!
Dobar tek!

Natali Čulo

Ich bin Kroatin aus Mostar (Bosnien und Herzegowina). Seit 1992 wohne ich in Freiburg. Hier studierte ich an der Albert-Ludwigs-Universität Geschichte und Romanistik und gründete meine Familie.

An was erinnert Sie diese Suppe?

Diese Suppe wird mich immer an meinen ersten Kochversuch erinnern. Damals war ich ungefähr fünfzehn, die Eltern waren an dem Tag zum Besuch bei der Oma und ich hatte die Aufgabe, das Abendessen zu machen. Ich habe alles nach Augenmaß, wie es sonst so bei den erfahrenen Köchinnen üblich ist, in den Topf getan und es köcheln lassen. Als die Eltern zurückkamen, setzten wir uns an den Tisch und aßen. Statt bekannten Düften verbreitete sich aus dem Topf ein verbrannter Geruch. Auf dem Topfboden befand sich eine dicke Schicht verbrannter Bohnen. Ich hatte einfach viel zu viel Bohnen rein getan und sie zu lange köcheln lassen. Aber mein Vater sagte, er habe noch nie so eine leckere Suppe gegessen.

Wann wird diese Suppe in Ihrer Kultur gekocht?

Diese kräftige Suppe kocht man, wenn im Sommer frisch geerntete, weiße Bohnen getrocknet und Schweine-Rippchen geräuchert werden. Sie wird als Hauptmahlzeit serviert und schmeckt aufgewärmt genauso gut.

Ihr schönster Platz

in Freiburg … ist der Platz bei der Adelhauser Kirche – mitten im Zentrum und doch so ruhig. Und die Konviktstraße, da fühlt man sich wie in einer anderen Zeit.

Freiburg ist für mich …

meine zweite Heimat, wo ich immer neue Ecken entdecke. Ein Freund von mir sagte einmal, Freiburg ist wie das Bermudadreieck: ist man erst mal dort, kommt man nicht mehr davon los.

Für was engagieren Sie sich in Freiburg?

Ich engagiere mich gerne für konkrete Vorhaben, bei denen der Erfolg sichtbar ist und wo ich mit anderen etwas bewirken kann. Zum Beispiel habe ich

mich als Elternbeirätin im Kindergarten St. Bernhard für die Fertigstellung des Gartenhäuschens eingesetzt.
Im Rahmen des Projekts „Frauen-Stärken“ engagiere ich mich bei der Organisation des ersten Brühler Flohmarktes.

Welche Tipps haben Sie für Frauen, die neu nach Freiburg kommen?

Wanderschuhe und Wanderkarte kaufen und ab in die Berge, es lohnt sich.

牛肉麵

Taiwanesische Rindfleisch-Nudelsuppe

Zutaten
Für 4 Personen

1 kg Rindfleisch (Suppenfleisch)
2 Karotten, ungeschält und grob zerteilt
6 Scheiben Ingwer
2-3 Knoblauchzehen
2 Zwiebeln, in zwei Hälften geteilt, oder Frühlingszwiebeln
1 EL Reiswein
150 ml Sojasauce
Salz, Pfeffer, Chilischoten
Oriental Weizen-Nudeln (Asia-Shop)

Zubereitung
Rindfleisch in quadratische Stücke a 5 cm schneiden.

Mit kochendem Wasser das Rindfleisch übergießen, dann kurz abwaschen und abtropfen lassen.

Rindfleischstücke und alle Zutaten in einen großen Kochtopf mit kaltem Wasser geben, Salz und Pfeffer hinzufügen. Bei schwacher Hitze 2 Stunden kochen lassen.

Die Nudeln in etwas Salzwasser 8 Minuten gar kochen.

Die fertigen Nudeln portionsweise in Suppenteller geben, die heiße Brühe mit dem Fleisch und Gemüse darüber schöpfen. Die Suppe sofort servieren und mit Frühlingszwiebeln bestreuen.

Die Suppennudeln nicht in der Suppe kochen, sie wird sonst trüb.

Guten Appetit!

Hau Chi!

好吃

Chang-Chi Pink-Wan

Ich bin Chang-Chi (Carrie) und komme aus Taiwan (Formosa). Seit 1995 wohne ich in Freiburg (Waltershofen). Zur Zeit bin ich selbstständig. Im Stühlinger habe ich einen kleinen Waschsalon (Egonstraße).

An was erinnert Sie diese Suppe?

Wenn ich diese Suppe koche, denke ich immer an meine Eltern, vor allem meinen Vater. Er ist im Jahr 2002 gestorben. Diese Suppe war sein Lieblingsgericht!

Wann wird diese Suppe in Ihrer Kultur gekocht?

In Taiwan isst man diese Suppe meistens im Winter. Taiwan liegt zwischen der tropischen und subtropischen Zone. Im Sommer ist es ziemlich heiß und feucht!
Wenn man zuhause einen Ventilator hat, kann man auch essen und schwitzen!

Beschreiben Sie die Düfte, die Sie damit verbinden.

Der Duft erinnert mich an meine Heimat, besonders an den frühmorgens stattfindenden Freimarkt, wo es viele verschiedene Gemüse, Obst, Lebensmittel und Essstände gibt.

Ihr schönster Platz in Freiburg …

ist der Münsterplatz! Morgens gibt es dort Markt. Man kann dort fast alles kaufen. Nachmittags sind dort viele Touristen und einen Bratwurststand gibt es auch! Gemütlich kann man dort auf einer Bank sitzen und den Tauben beim Fliegen und Fressen zuschauen.

Freiburg ist für mich …

wie eine zweite Heimat.

Welche Tipps haben Sie für Frauen, die neu nach Freiburg kommen?

Auf den Münsterplatz gehen, eine Bratwurst essen …
Im Schwarzwald wandern gehen, frische und saubere Luft atmen …
Im Kaiserstuhl und Tuniberg Wein probieren …

云吞
Won Ton Suppe

Zutaten
Für 4 Personen

Für Won-Ton-Füllung:

30 Stück Won-Ton-Hüllen
250 g Schweinehackfleisch
2 EL helle Sojasauce
1½ TL Salz
1 EL Öl
1/2 TL Sesamöl
1/3 TL schwarzer Pfeffer
1 TL Zucker
1 TL fein gehackter Ingwer
2 Frühlingszwiebeln, klein gehackt

Für Brühe:
geschnittener Koriander
½ TL helle Sojasauce

Zubereitung
Alle Zutaten in eine Schüssel geben, kräftig in eine Richtung verrühren. 1 TL Füllung auf jede Won-Ton-Hülle setzen. Die Teigränder mit etwas Wasser nass machen. Das Teigblatt klappen, die Ecken aufeinander legen und fest zusammendrücken. Die geformten Won Tons auf ein mit Mehl bestreutes Blech legen.
In einem Topf Wasser aufkochen und die Won Tons zugedeckt 5 bis 6 Minuten kochen, bis sie an die Oberfläche steigen. Won Tons in 4 Schälchen verteilen, mit einem Schöpflöffel gekochtem Wasser auffüllen. Mit Koriander bestreuen und nach Belieben mit Sojasauce würzen.

Anmerkung:
Nach Belieben kann man für die Füllung verschiedene Zutaten verwenden: geschälte, gehackte Garnelen, Fleisch, fein gehackte Karotten, gehackten Chinakohl, Mais aus der Dose etc. Die Brühe kann auch mit Hühnerbrühe zubereitet werden.

Guten Appetit!

祝好胃口

Wenjuan Wu

Ich komme aus China und lebe mit meiner Familie friedlich in meiner zweiten Heimat Freiburg. Ich bin Buchhalterin und möchte zukünftig gerne für Firmen dolmetschen, die mit chinesischen Firmen zusammen arbeiten.

An was erinnert Sie diese Suppe?

Diese Suppe erinnert mich an das weit entfernte Alltagsleben in China. Ein bisschen Wehmut spüre ich. Daher habe ich verschiedene Won-Ton-Suppen zum Kochen probiert. Wenn ich sie esse, genieße ich das Gefühl, wie die saftige, leckere, warme Suppe auf der Zunge zergeht. Dies beruhigt meine Sehnsucht nach etwas leckerem Chinesischem und wärmt mich, besonders im Winter.

Nach Belieben füge ich verschiedene Zutaten in die Füllung. Zum Kochen ist sie sehr praktisch, einfach und delikat. Meiner Meinung nach ist Won-Ton-Suppe typisch Chinesisches Essen.

Ihr schönster Platz in Freiburg …

ist der Seepark. Für Kinder ist die Umgebung vom Seepark ein Paradies, denn hier haben sie in jeder Jahreszeit viele Spielmöglichkeiten. Für Erwachsene ist hier ein Veranstaltungs- und Erholungsparadies. Besonders wenn das prallbunte Abendrot auf dem Himmel erscheint, der rote Sonnenschein auf dem See funkelt, spielen und hüpfen die Kinder auf der Wiese, die Eltern sitzen entspannt daneben. So ein schönes Bild und angenehmes Gefühl wird man nicht vergessen.

Freiburg ist für mich …

ein ruhiger Ort, auch in meinem Inneren. Hier habe ich eine ruhige Lebensphase erlebt, viele neue Sachen gelernt, mit der Zeit mich selbst neu erkannt und weiter entwickelt.

Schorba adaz

Libanesische Linsensuppe

Zutaten

Für 4 Personen

1 Tasse rote Linsen
3-4 Tassen Wasser
2 Karotten
2 kl. Kartoffeln
1 gr. Zwiebel
Salz
etwas Zitronensaft
Petersilie
1 EL Gemüsebrühe
1 EL Margarine, Butter oder Öl

Zubereitung

Kartoffeln, Zwiebeln und Karotten schälen und klein schneiden. Linsen mehrmals waschen. Linsen mit Wasser in den Topf geben und zum Kochen bringen. Kartoffeln, Möhren, Zwiebeln dazu geben. Schaum mit Löffel abnehmen und salzen. Deckel auf den Topf und auf kleiner Flamme 30 bis 40 Minuten köcheln lassen. Evtl. Wasser nachgießen – es soll flüssig bleiben. Wenn alles weich ist, pürieren, bis es sämig wird. 5 Minuten köcheln lassen. Gemüsebrühe und Fett dazugeben und nochmals kurz aufkochen.
Bei Bedarf nochmals heißes Wasser dazugeben.
In die Teller oder Schüsseln Zitronensaft und klein geschnittene Petersilie dazugeben.

Anmerkung:
Außer Salz können noch andere Gewürze dazu genommen werden. Ohne Zitronensaft geht es auch. Dazu gibt es Brot.

Guten Appetit!

بالهناء و الشفاء

Alissar Rihan

Ich komme aus dem Libanon und lebe seit 1998 in Freiburg. Mein jüngster Sohn ist hier geboren. Freiburg ist für mich die schönste Stadt in Deutschland und es gefällt mir sehr gut hier.

An was erinnert Sie diese Suppe?

Diese Suppe erinnert mich an das Zusammensein mit der ganzen Familie oder dem ganzen Dorf. Wir saßen früher alle zusammen im Kreis auf dem Boden. Es wurde immer in großer Gemeinschaft gegessen. Daran denke ich und das hat mir immer gut gefallen.

Wann wird diese Suppe in Ihrer Kultur gekocht?

Es ist eine ganz alltägliche Suppe, die immer und überall gekocht wird, mindestens 1x pro Woche. Sie ist sehr gesund und am besten im Winter zu essen, da sie wärmt.

Ihr schönster Platz in Freiburg ...

war früher der Stadtgarten und ist jetzt mein eigener Garten.

Freiburg ist für mich ...

meine Stadt.

Für was engagieren Sie sich in Freiburg?

Ich gestalte den Teestubentreff im Stühlinger mit.

Welche Tipps haben Sie für Frauen, die neu nach Freiburg kommen?

Sie sollen durch die ganze Stadt spazieren und alles anschauen und suchen, was für sie hier anders und neu ist im Vergleich zu ihrer Heimatstadt.

Sebzeli Mercimek Corbasi

Türkische Linsen-Gemüsecremesuppe

Zutaten

Für 4 Personen

250 g rote Linsen
1 Zwiebel
1 mittelgroße Karotte
1 kleine Kartoffel
1 kleine Zucchini
1 kleine Aubergine
1½ l Gemüsebrühe (1½ l Wasser mit 2 EL Gemüsebrühe)
1 EL Tomatenmark
1 kleiner Bund Petersilie
1 gehäufter Teelöffel Kurkuma
1 TL Salz
1 TL Pfeffer
10 EL Rapsöl
1 Zitrone

Zubereitung

Linsen und Gemüse waschen. Drei Esslöffel Öl im Schnellkochtopf erhitzen.

Linsen und das ganze Gemüse klein geschnitten in den Schnellkochtopf geben. Tomatenmark dazufügen und unter ständigem Rühren erhitzen. Anschließend die Gemüsebrühe dazugießen. Den Bund Petersilie dazu geben (vorher Stiele entfernen) und mit Kurkuma würzen. Noch kein Salz dazu geben, denn Salz verlängert den Garprozess. Noch einmal gut umrühren, so dass die Linsen nicht am Boden kleben.

Schnellkochtopf verschließen und anschließend aufkochen. Sofort vom Herd nehmen und leicht abkühlen lassen, bis der Deckel sich öffnen lässt.

Mit Salz und Pfeffer würzen, pürieren, erneut abschmecken und zum Schluss Rapsöl unterrühren. Beim Servieren, wenn es leicht säuerlich erwünscht ist, mit Zitrone beträufeln.

Guten Appetit!
Ziyade olsun!

Yeliz Durmus-Yilmaz

1977 wurde ich in der schwäbischen Kleinstadt Kirchheim/Teck geboren und mit 18 Jahren hat es mich in die Großstadt Stuttgart verschlagen. Der Liebe wegen bin ich mit 22 nach Freiburg gekommen. Und möchte auch nicht mehr weg, es ist die perfekte Stadt für mich.

An was erinnert Sie diese Suppe?

Ankunft in der Türkei: Nachdem wir unseren Opel Kadett vollgeladen hatten und unseren Proviant in Griffnähe verstauten, ging die lange Reise los. Mit viel Brot und der deutschen Salami im Bauch angekommen, war das Erste, was mein „babacigim" tat, direkt mit uns zum „corbaci" zu gehen. Die Auswahl an türkischen Suppen, egal zu welcher Uhrzeit, war riesig, es war eine Wohltat, die warme Suppe, die Düfte und das Ambiente rundum zu spüren.

Wann wird diese Suppe in Ihrer Kultur gekocht?

Die Linsen sind Hülsenfrüchte, die seit Beginn des Ackerbaus in Kleinasien verzehrt werden. Die gibt es zu jeder Jahreszeit und werden auch das ganze Jahr über gekocht.

Beschreiben Sie die Düfte, die Sie damit verbinden.

Durchzechte Nächte. Traditionell gingen wir nach jeder Feier morgens um 4 oder 5 Uhr in Stuttgart zum Türken. Kamen erst mal zur Ruhe. Unterhielten uns und aßen unsere warme türkische Suppe mit frisch gebackenem Brot.
Ich verbinde die Düfte mit Ankommen, zur Ruhe kommen und Genießen. Ob bei meinen Eltern oder in der Türkei, bei Freunden, Verwandten oder in der Ferne.

Ihr schönster Platz ...

ist der Mundenhof. Ich liebe die gemütlichen sorglosen Spaziergänge, die vielen Tiere und die Natur.

Freiburg ist für mich ...

ein bisschen wie ich, nostalgisch aber trotzdem modern, sehnsüchtig nach Grünem, sozial, familiär, selbstständig.

Welche Tipps haben Sie für Frauen, die neu nach Freiburg kommen?

Sich ein Fahrrad anzuschaffen und ein sicheres Schloss dazu.

БОРЩ
Rote-Bete-Suppe aus Kasachstan

Zutaten
Für 4-6 Personen

500 g Rinderbeinscheiben oder Suppenfleisch
2,5 l Wasser
1 Zwiebel
2 Lorbeerblätter
400 g Weißkohl
2 kleine Rote Beten
100 g Möhren
350 g Kartoffeln
1 mittelgroße Tomate
Salz, Pfeffer
Petersilie
Dill

Zubereitung
Wasser, Fleisch, Zwiebel (ganz) und die Lorbeerblätter zum Kochen bringen. Das Ganze ca. 45 Minuten kochen.
Währenddessen die Kartoffeln schälen und in Würfel schneiden – dazu geben und 10 Minuten weiterkochen. Weißkohl in dünne Streifen schneiden und dazugeben.
Karotten säubern, Rote Bete schälen und beides grob reiben. Öl in die Pfanne geben und Karotten und Rote Bete braten. Tomate waschen, in Würfel schneiden und kurz mitbraten.
Zum Schluss noch das angebratene Gemüse zur Suppe geben und alles nochmals aufkochen. Danach die Kräuter hinzugeben. Das Fleisch vor dem Servieren klein schneiden.

Anmerkung:
Am besten schmeckt die Suppe am nächsten Tag. Sie kann auch mit

Bohnen gekocht werden. Ich esse dazu Brot und eine rohe Knoblauchzehe. Sauerrahm oder Schmand verfeinern die Suppe. Wer es gerne scharf mag, kann „Kobra“ (russischer Brotaufstrich) auf dem Brot dazu essen. Das gibt es im russischen Lebensmittel-Fachgeschäft zu kaufen.

Guten Appetit!

Приятного Аппетита!

Inna Sawal

Seit 2004 lebe ich hier. Bei einem früheren Besuch bei meiner Tante hat mir Freiburg gut gefallen. Ich bin als Au-Pair hierher gekommen, habe meinen jetzigen Mann kennengelernt und lebe hier mit unseren beiden Kindern.

An was erinnert Sie diese Suppe?

An mein Elternhaus. Wenn ich von der Arbeit nach Hause kam und es nach Bortsch roch, wusste ich, dass mein Vater gekocht hat. Diese Erinnerung freut mich jedes Mal, wenn ich diese Suppe esse. Ich glaube, es ist die Lieblingssuppe meines Vaters.

Wann wird diese Suppe in Ihrer Kultur gekocht?

Wenn es draußen nicht zu heiß ist. Es ist eigentlich eine Suppe für den Herbst und den Winter – sie kann aber auch das ganze Jahr über gekocht werden. Meine Eltern haben gesagt: Esst oft Suppe, es ist gut für eure Gesundheit. Flüssiges Essen sorgt für eine gute Verdauung.

Ihr schönster Platz in Freiburg …

… ist das ganze Zentrum. Als ich hierher kam, habe ich die Pflastersteine bewundert. Ich dachte, wie viel Zeit und Arbeit es wohl gekostet haben mag, diese Steine in den Boden zu bringen. Ich gehe sehr gerne in der Innenstadt spazieren, obwohl ich selten dazu komme.

Freiburg ist für mich …

eine wunderschöne Stadt, wo ich meine neue Familie gefunden habe. In Kasachstan werde ich gefragt: „Wo gefällt es dir besser? Hier bei uns oder in Freiburg?" Wenn ich alles überdenke, gibt es für mich Vor- und Nachteile an beiden Orten.

Ich lebe gerne und bewusst in Deutschland. Hier sind die Menschen offen und freundlich.

Für was engagieren Sie sich in Freiburg?

Ich engagiere mich in der internationalen Teestube im Stadtteil Stühlinger.

Welche Tipps haben Sie für Frauen, die neu nach Freiburg kommen?

Sie sollten sich, auch wenn sie viel zu tun haben, Angebote suchen, die sie interessieren, damit sie mit anderen Menschen in Kontakt kommen und so Freiburg von vielen Seiten kennen lernen.

Käse-Lauch-Suppe

Zutaten

Für 3-4 Personen

500 g Hackfleisch
2-3 Stangen Lauch
500 ml Brühe
250 ml Sahne
1 Packung Schmelzkäse
Salz, Pfeffer und Muskat

Zubereitung

500 g Hackfleisch anbraten. 2-3 Stangen Lauch kleingeschnitten dazugeben und mit andünsten. Brühe und Sahne dazugießen. 10 Min. kochen lassen. Den Schmelzkäse einrühren und weitere 10 Minuten kochen lassen.
Eventuell noch etwas Brühe und Schmelzkäse dazu geben, falls es nicht suppig genug ist.
Mit Salz, Pfeffer und Muskat abschmecken.

Guten Appetit !

Fiona Brauer

Seit dem Jahr 2000 lebe ich in Freiburg. Aufgewachsen bin in Frankfurt am Main. Ich bin 22 Jahre alt und habe eine Ausbildung zur Grafik-Designerin abgeschlossen.

An was erinnern Sie sich bei dieser Suppe?

Die Käse-Lauch-Suppe erinnert mich an meine Kindheit. Auf das Rezept bin ich wieder gestoßen, weil meine Schwester sie heute auch für ihre Familie kocht.

Beschreiben Sie die Düfte, die sie damit verbinden.

Das Kochen oder Braten von Zwiebeln oder Lauch empfinde ich immer als sehr lecker riechend.

Ihr schönster Platz in Freiburg ...

ist für mich der Lorettoberg. Es ist zwar ein bisschen steil, aber es lohnt sich hoch zu laufen, denn dort oben hat man Ruhe und viele Bänke, an denen man sich ausruhen und die Aussicht genießen kann.

Welche Tipps haben Sie für Frauen, die neu nach Freiburg kommen?

Je nachdem für was man sich interessiert, ist Freiburg sehr vielseitig. Man kann Schlittschuh laufen gehen, in Museen oder einfach nur spazieren. Der Botanische Garten, der Aussichtsturm auf dem Schlossberg oder der Wald in Merzhausen sind auf jeden Fall einen Ausflug wert.

Freiburg ist für mich ...

meine zweite Heimatstadt. Die Umgebung hat viel Natur und schöne Plätze. Die Leute sind hier freundlich und hilfsbereit. Insgesamt ist Freiburg eine schöne Stadt für mich!

Biersuppe für Kinder

Zutaten

Für 4-6 Personen

1 Packung Vanille-Pudding
0,5 l Milch
1 EL Zucker
1 Flasche Malzbier
(ohne Alkohol)
1 Packung Butterkekse

Zubereitung

Milch in den Topf geben. Puddingpulver mit einem Schneebesen verrühren, bis keine Klumpen mehr da sind. Unter ständigem Rühren zum Kochen bringen. Eine Minute kochen, unter dem Rühren Malzbier dazugeben. Fertig! Warm mit den Butterkeksen servieren.

Anmerkung:
Man kann vor der Suppe ein Gläschen Malzbier probieren.

Guten Appetit!

Barbara Angelé

Ich lebe seit 1985 in Freiburg. Als ich 1½ Jahre alt war, sind meine Eltern mit meiner Schwester, Omi und mir von Ost- nach Westdeutschland geflüchtet.
Heute arbeite ich als Trainerin für Kleinkind-Pädagogik und gebe Seminare für einen respektvollen Umgang mit Kleinkindern.

An was erinnert Sie diese Suppe?

An meine Kindheit. Meine Mutter war berufstätig und hat selten gekocht. Sie brachte das fertige Essen von ihrer Arbeit im Krankenhaus mit nach Hause. Aber in den Ferien kochte sie uns Biersuppe. Ich verbinde damit Ruhe, versorgt werden, gemütlich zusammen sitzen und Zeit haben. Diese Suppe gab es nur in unserer Familie – es war für mich was Besonderes. Ich mochte die Mischung von süß und herb und genoss es, Bier zu schlürfen, wie die Erwachsenen.

Wann wird diese Suppe in Ihrer Kultur gekocht?

In den Sommerferien!

Beschreiben Sie die Düfte, die Sie damit verbinden.

Die Suppe riecht süß – das mochte ich immer gerne.

Ihr schönster Platz in Freiburg ...

ist der Adelhauserplatz und der Münsterplatz. Ich liebe es, durch die engen Gassen zu gehen – vor allem morgens, wenn erst wenig Menschen unterwegs sind. Dann habe ich das Gefühl, es ist meine Stadt.

Freiburg ist für mich ... eine sehr naturnahe Stadt. Ich mag die Mischung von Studenten, Menschen allen Alters und Nationen. Auch wenn ich mir die Stadt manchmal ganz leer wünsche, mag ich die Touristen.

Für was engagieren Sie sich in Freiburg?

Ich spiele Klarinette in einer „Seniorenband“.

Welche Tipps haben Sie für Frauen, die neu nach Freiburg kommen?

Nachdem ich die Teestuben kennen lernen durfte, kann ich sie sehr empfehlen. Viel Fahrrad fahren, die Dreisam erforschen, Wandern gehen, im Schluchsee baden und offen sein für neue Kontakte.

Tom Khaa Kai

Thailändische Kokossuppe mit Huhn und Galgant

Zutaten

Für 4 Personen

750 ml Kokosmilch
2 Stängel Zitronengras
5 cm Galgant
1 Zwiebel
2 Frühlingszwiebeln
350 g Hühnerbrustfilet
2 EL Fischsauce
1 EL Zucker
200 g Kirschtomaten
4-5 thailändische Auberginen (oder eine deutsche)
3 EL Limettensaft
6 Kaffirlimettenblätter
2 rote Chilis
Korianderblätter

Zubereitung

Kokosmilch mit Zitronengras (nur das Weiß), Frühlingszwiebeln, Galgant (in große Stücke geschnitten) und Zwiebeln (in Scheiben geschnitten) in einem Topf oder Wok bei mittlerer Hitze zum Kochen bringen.

Das Fleisch (alternativ Tofu, Fisch oder Garnelen), die Aubergine (in Stücke geschnitten) sowie Fischsauce (sorgfältig abmessen, sonst wird es zu kräftig) und Zucker hinzufügen. 5 Minuten unter ständigem Rühren köcheln, bis das Fleisch gar ist. Eine besondere geschmackliche Note erhält das Fleisch auch, wenn man es zuvor kurz in Ghee (indischer Butterschmalz) goldgelb anbrät und dann der Suppe beifügt.

Tomaten hinzufügen und 2-3 Minuten weiterköcheln. Kurz vor Ende der Garzeit Limonensaft, Limettenblätter und Chili hinzufügen. Tomaten sollen nicht zerfallen. Mit Salz abschmecken. Die Suppe sollte nicht zu scharf sein, sondern süß, salzig und sauer schmecken. Am Schluss noch mit Koriander garnieren.
Alle Zutaten sind im Asialaden erhältlich.

Guten Appetit!

Kin hai!

กินให้อร่อย

Melanie Beulich

Ich bin 2001 für mein Studium an der Ev. Hochschule aus dem Schwäbischen nach Freiburg migriert. Zusammen mit meinem Sohn wohne ich im Sedanviertel. Seit 2009 arbeite ich beim Diakonischen Werk und leite neben dem Fachbereich Schuldnerberatung die Interkulturelle Teestube im Stühlinger.

An was erinnert Sie diese Suppe?

Die Suppe erinnert mich an meine Asienreisen. Zuletzt war ich mit meinem kleinen Sohn 2003 in Thailand. Neben den legendären Curries haben wir – vor allem auch wegen der Hitze – zumeist heiße und scharfe Suppen gegessen, häufig schon zum Frühstück. Kann ich sehr empfehlen.

Beschreiben Sie die Düfte, die Sie damit verbinden.

Entsprechend der Vielfalt an Gewürzen und Kräutern der asiatischen Küche ergibt sich ein Konglomerat aus Gerüchen von Kokosmilch, Koriander, Ingwer, Limetten, Fischsauce, Sojasauce, Chili und vieles mehr. Die Düfte und Farben sind sehr intensiv und vermischen sich für mich mit Gerüchen von Strand, Sonne, Meer und Salz auf der Haut.

Ihr schönster Platz in Freiburg ...

es gibt so viele … Kanonenplatz bei Sonnenuntergang … Sternwald … Colombipark … Grethergelände.

Freiburg ist für mich ...

viel Sonne, kurze Wege ... insbesondere auch ins Grüne, viele nette Menschen.

Für was engagieren Sie sich in Freiburg?

Ich möchte mit meiner Arbeit in der Interkulturellen Teestube im Stühlinger einen Raum für Frauen aus allen

Kulturen sowie Netzwerke für und unter den Frauen schaffen. Besonderes Anliegen ist für mich, den Frauen auf Augenhöhe zu begegnen und für die Frauen dort unterstützend tätig zu sein, wo sie ihre Stärken und Fähigkeiten selbst weiterentwickeln wollen. Die Arbeit ist für mich eine Bereicherung, da sie mir ermöglicht, verschiedensten Kulturen und Frauen zu begegnen. Das Suppenkochbuch macht diese tollen Frauen aus Freiburg für Freiburg sichtbar.

Gemüsesuppe

Tauberfränkische Art

Zutaten

Für 4-5 Personen

300-400 g Gemüse (Möhre, Lauch, Sellerie)
500 g Kartoffeln
1 gr. Zwiebel
1 Knoblauchzehe
30 g Butterschmalz oder Butter
2-3 EL Mehl
1½ l Wasser bzw. Gemüsebrühe
Salz, Pfeffer, 1 Prise Muskat
Majoran, Liebstöckel
200 g süße Sahne (früher Milch)
Petersilie

Zubereitung

Gemüse, Kartoffeln, Zwiebeln und Knoblauch schälen, in Würfel oder Scheiben schneiden und in Butterschmalz andünsten. Mit Mehl bestäuben und etwas mitdämpfen. Wasser bzw. Brühe hinzufügen.

Mit Salz, Pfeffer, Muskat, Majoran/ Liebstöckel würzen. Zum Kochen bringen und auf kleiner Flamme 15 Minuten kochen. Die Suppe pürieren, Sahne hinzufügen und nochmals kurz aufkochen. Evtl. noch etwas Wasser hinzufügen. Mit geschnittener Petersilie garnieren.

Guten Appetit!

Anmerkung:
Zur Gemüsesuppe oder Kartoffelsuppe wurde in der Region Tauberfranken traditionell Hefeblechkuchen gegessen. Je nach Jahreszeit gab es als Belag Äpfel, Zwetschgen oder Quark.

Irene Schumacher

Mit 17 Jahren kam ich aus dem kleinen Dorf Waldenhausen in „Badisch Sibirien" (Taubertal) in die Großstadt Freiburg. Nach der Ausbildung zur Ökotrophologin, dem Studium der Sozialpädagogik und einem bewegten Studentenleben blieb ich hier in Südbaden hängen. Hier sind meine drei Kinder geboren und groß geworden. Ich bin seit rund 20 Jahren als Medienpädagogin mit Angeboten zu Foto, Audio, Film, Internet und Digitaler Kultur aktiv.

An was erinnert Sie diese Suppe?

Ein Wintertag in meiner Kindheit. Die Großfamilie sitzt um den großen Küchentisch. Ich sitze mit meinen Geschwistern auf der Eckbank. Der süßliche Geruch von Apfelhefekuchen liegt in der Luft und die dampfende Suppe steht in einer weißen Terrine mit Löwenkopf auf dem Tisch. Alle sitzen zusammen und warten, bis jemand das Gebet spricht. Hungrig schauen alle in die Runde, und ich warte ungeduldig, bis auch der letzte von uns acht einen vollen Teller Suppe vor sich stehen hat. Den Apfelkuchen nehm ich mit der Hand vom Blech und beiße ein großes Stück ab. Viel besser als die Suppe! Ich erinnere mich an das Klappern der Löffel und das konzentrierte, schweigsame Essen. Nachdem der erste Hunger gestillt ist, beginnt einer nach dem andern zu erzählen. Was war auf dem Acker ... was wurde gespielt ... wo gab es Streit ... was gibt es noch alles zu tun? Und zum Schluss reden alle durcheinander.

Wann wird diese Suppe gekocht?

Ich stamme aus einer Bauernfamilie. Kartoffeln gehörten zu unseren Grundnahrungsmitteln. In meiner Kindheit gab es am Waschtag oft Gemüse- oder Kartoffelsuppe mit Hefeblechkuchen.

Freiburg ist für mich ...

meine Wahlheimat. Es ist eine besonders lebendige Stadt: kulturelle Vielfalt, Bürgerstadt, offen für alternative Lebensentwürfe und ökologische Ausrichtung als Green City.

Ihr schönster Platz in Freiburg...

ist der Stühlinger Kirchplatz, wenn mittwochs und samstags Bauernmarkt ist.

Für was engagieren Sie sich in Freiburg?

Im Stühlinger engagiere ich mich als Helferin für die Nostalgische Messe oder unterstütze ökologische Aktionen wie den „Carrotmob".

Mein Tipp:

Die Sprache lernen, sich bestehenden Gruppen anschließen und hierüber die schönsten Seiten Freiburgs entdecken.

Die Suppe der Königin

(Geschichte nach vorgegebenen Worten: Dach, Geburt eines Königssohnes, Königin, Holz-Kohle-Herd, Minestrone)

Irgendwo auf dieser Welt gebar die Königin auf dem Dach eines sehr kleinen Landes einen Königssohn. Nach der Geburt kochte der König zu Ehren der Königin auf dem Holz-Kohle-Herd eine Minestrone-Suppe. Diese schmeckte der Königin außerordentlich gut. Zum ersten Geburtstag des Prinzen wurden viele Gäste eingeladen. Auch diesmal wurde die Minestrone serviert. Seitdem ist die Minestrone das Nationalgericht des sehr kleinen Landes.

Chang Chi Pink Wan

Suppe

Die Gesundheit
Für die Kinder
Die wechselhafte leckere
Suppe
Farbfroh

Wenjuan Wu

Suppe ist nahrhaft, weil

... leckeres, buntes Gemüse drin ist
... viele gesunde Zutaten drin sind,
die Vitamine und Mineralstoffe enthalten
... viele Vitamine drin stecken
... sie den Körper warm macht

Redaktionsgruppe

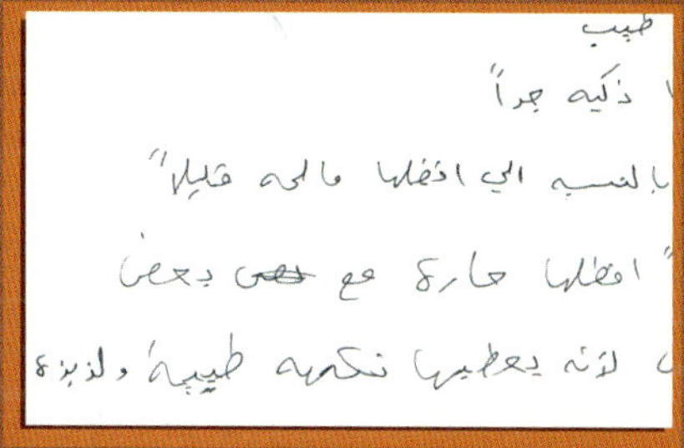

Übung Suppenelfchen =
Gedicht mit elf Worten schreiben.

Suppe

Macht warm
In kaltem Winter
Ich fühle mich wohl
angenehm

Yeliz Durmus-Yilmaz

Katzen schlürfen Suppe in Dessous

(Geschichte nach vorgegebenen Worten: Schwimmbad, Einweihung eines Dessous-Ladens, Tofu-Suppe, Katze, Kleiderbügel)

Es war im Schwimmbad. Es war ganz lustig und interessant. Zur Einweihung eines Dessous-Ladens wurde eine Tofu-Suppe gereicht. Die Gastgeberin war eine Katze. Zur Feier waren ganz viele Katzen gekommen. Die haben die Suppe geschlürft. Einige Katzen haben Modeschau gemacht und als Präsent haben Sie einen Kleiderbügel aus Katzenfutter bekommen. Das war wunderbar. Die Katzen sind auf einem Laufsteg in Unterwäsche spaziert. Sie haben getanzt und verschiedene akrobatische Tricks gemacht. Am Ende wurde die Gewinnerin gekürt.

Inna Sawal

Suppengrün

Ich weiß
Es ist so
Alles kann sein im
Topf

Barbara Angelé

Jeden Tag Suppe macht

… nicht immer Sinn, weil im
Sommer viel zu heiß
… uns gesund und friedlich
… mich im Winter glücklich
… leicht, bekömmlich und fit

Redaktionsgruppe

Milchsuppe

Oh heute
Soll ich nicht
Vielleicht im Nebel fließt
Sonne

Barbara Angelé

Changua

Kolumbianische Käse-Ei-Suppe

Zutaten

Für 4 Personen

2 Tassen Milch
2 Tassen Wasser
1 Frühlingszwiebel oder Lauchzwiebel
4 Eier
125 g Käse (Mozzarella)
2 Löffel frisch gehackter Koriander
Salz

Zubereitung

Zunächst die Frühlingszwiebel (Lauchzwiebel) in kleine Scheiben schneiden und zusammen mit der Milch, dem Wasser, dem Löffel Koriander und dem gewürfelten Käse in einen Topf geben und zum Kochen bringen. Bei schwacher Hitze ca. zehn Minuten kochen lassen.

Dann die Eier aufschlagen und in die Suppe gleiten lassen, ohne dass das Eigelb kaputt geht. Ca. zwei Minuten mitkochen lassen. Die Eier dürfen nicht ganz hart werden!

Nun die Brühe, den restlichen Koriander und jeweils ein Ei auf die Teller verteilen. Dazu passt Calado -Brot (typischer kolumbianischer Zwieback) oder eine Scheibe Baguette.

Guten Appetit!

Bon appetito!

Adriana Cediel Jimenez

Meine Heimat ist Kolumbien. Ich wohne schon seit einigen Jahren in Freiburg. Ich bin glücklich verheiratet und habe zwei Töchter. Von Beruf bin ich Sprachlehrerin.

An was erinnert Sie diese Suppe?

Die Suppe erinnert mich an meine Familie am Sonntagmorgen beim Frühstück.

Wann wird diese Suppe in ihrer Kultur gekocht?

Immer zum Frühstück, aber auch zum Abendessen. Ohne Milch und ohne Eier eignet sich die Suppe auch als Medizin gegen Durchfall.

Beschreiben Sie die Düfte, die Sie damit verbinden.

Ich verbinde das Aroma der Changua mit frischen Korianderblättern. Dieses Aroma ist typisch in vielen Gerichten meines Landes.

Wann wird diese Suppe gekocht?

Kolumbien ist ein sehr vielfältiges Land mit vielen Traditionen und Essgewohnheiten. Die Changua-Suppe ist nur ein Beispiel und wird nur in der Hauptstadt Bogota gekocht.

Ihr schönster Platz in Freiburg …

ist der Seepark in einer Sommernacht.

Arftensupp

Niederdeutsche Erbsensuppe

Zutaten

Für 4 Personen

500 g geschälte, getrocknete Erbsen
3 l Gemüsebrühe
1 Stange Lauch
½ Knolle Sellerie
4-5 Karotten
4 Kartoffeln
2 dicke Speckstreifen mit Schwarte
Salz, Pfeffer nach Geschmack
½ Ring Fleischwurst

Zubereitung

Die Brühe kochen, die Erbsen in der Brühe eine ¾ Stunde köcheln. Es ist wichtig, geschälte Erbsen zu nehmen, da sie nicht vorher eingeweicht werden müssen. Das Gemüse putzen und in Würfel schneiden. Den Speck in große Stücke schneiden. Das Gemüse und den Speck zu den Erbsen geben und die Suppe 20 – 30 Minuten kochen lassen. Mit Salz und Pfeffer abschmecken.

Für Erwachsene: Die Fleischwurst klein schneiden und in die Suppe geben. Mit frisch gebackenem Brot servieren.

Für Kinder: Die Speckstücke aus der Suppe nehmen. Die Suppe durch ein Sieb passieren oder mit dem Pürierstab pürieren. Die Fleischwurst klein schneiden und in die Suppe geben. Mit frisch gebackenem Brot servieren.

Guten Appetit!

Uta Linß

Ich komme aus Plön / Schleswig-Holstein und bin 1984 als Studentin nach Freiburg gekommen. Inzwischen bin ich mit einem Freiburger Bobbele verheiratet, Mutter zweier Bobbele und Geschäftsführerin des Mütter- und Familienzentrums Klara e. V.

An was erinnert Sie diese Suppe?

Die beste Erbsensuppe hat natürlich meine Mutter gekocht. Neben Kartoffelpuffern und Spaghetti war Erbsensuppe mein Lieblingsessen als Kind. Mit 4 oder 5 Jahren war ich für zwei Wochen zu Besuch bei Oma und Opa. Damit ich kein Heimweh bekam, durfte ich mir immer wünschen, was es zu Mittag geben sollte. Also gab es alle drei Tage im Wechsel Kartoffelpuffer, Spaghetti und Erbsensuppe!

Wann wird diese Suppe in Ihrer Kultur gekocht?

Erbsensuppe eignet sich unabhängig von der Jahreszeit für alle Tage als Stärkung oder Seelentrost. Ich habe die Suppe auf einer österreichischen Hütte für 20 hungrige Wanderer gekocht – es blieb nichts übrig.

Ihr schönster Platz in Freiburg … Ich wohne sehr gern im Stühlinger, dem Stadtteil, wo ich auch meine erste Wohnung als Studentin hatte. Der Blick von der blauen Brücke zum Schönberg ist für mich der schönste in Freiburg.

Freiburg ist für mich …

meine Wahlheimat, wenn auch an manchen Tagen zu weit weg vom Meer.

Für was engagieren Sie sich in Freiburg?

Im Mütter- und Familienzentrum Klara e. V. engagiere ich mich für Frauen und Familien.

Welche Tipps haben Sie für Frauen, die neu nach Freiburg kommen?

Lass dich an sieben Tagen in der Woche auf den neuen Wohnort ein. Freiburg und Umgebung haben gerade am Wochenende viel zu bieten.
Lerne Deine Nachbarn kennen! Einfach mal klingeln und sich vorstellen; grüßen, wenn man sich begegnet; um etwas Zucker oder Milch fragen… Es hilft, sich wohl zu fühlen, wenn man seine Nachbarn kennt, manchmal sind sogar ganz nette dabei.

Mütter-und Familienzentrum Klara e. V.
Büggenreuterstr. 12
79106 Freiburg
Tel.: 0761 - 27 20 51

西红柿蛋汤

Xihongshi-Jidan-Tang

Chinesische Tomaten-Eier-Suppe

Zutaten

Für 3-4 Personen

2 Tomaten
2 Eier
2 EL Öl
½ TL Salz
1 kleine Lauchzwiebel
1 frischer Koriander
1 l Wasser

Zubereitung

Tomaten in Stücke schneiden, Eier verrühren, Lauchzwiebel und Koriander zerkleinern. Das Öl in einem Topf erwärmen, die klein geschnittenen Tomaten und die Lauchzwiebel dazu geben und kurz köcheln, bis die Tomaten weich sind. Dann 1 Liter Wasser dazu geben und zum Kochen bringen.

Anschließend die verrührten Eier langsam und gleichmäßig in den Topf geben, zum Kochen bringen und noch etwas rühren. Zum Schluss den Koriander darüber streuen und mit Salz würzen.

Guten Appetit!

慢用

Yunxiao Wang

Ich stamme aus China. Im Juli 2008 zog ich mit meinem Mann von Stuttgart nach Freiburg um. Hier habe ich meine Diplomarbeit gemacht.
Nach einem Jahr Familienzeit bin ich jetzt auf der Suche nach Arbeit.

An was erinnert Sie diese Suppe?

Diese Suppe erinnert mich an Sommer und Herbst in meiner Kindheit. Ich fand die Farbe dieser Suppe wunderschön und die Suppe hat mir immer geschmeckt.

Ihr schönster Platz in Freiburg ..

ist der Seepark. Dort gibt es grüne Wiesen, blaues Wasser und eine schöne Brücke. Enten, Schwäne, Vögel und Menschen, alle leben hier in Frieden.

Freiburg ist für mich ...

die schönste Stadt, in der ich bisher gelebt habe.

Für was engagieren Sie sich in Freiburg?

Zurzeit bleibe ich zu Hause, um mich um meine Tochter zu kümmern.

Welche Tipps haben Sie für Frauen, die neu nach Freiburg kommen?

Schwimmen gehen. Es gibt das Haslacher Bad, Faulerbad, Westbad usw. Das moderne Westbad ist neu renoviert und hat ein 50m-Schwimmbecken.

Canja

Portugiesische Hühnersuppe

Zutaten

Für 5-6 Personen

1 Suppenhuhn (ca. 1,5 kg)
Wasser
Meersalz
150 g Suppennudeln

Zubereitung

Suppenhuhn von außen und innen unter fließendem Wasser gut waschen. Danach das Huhn in einen Topf legen und diesen mit Wasser befüllen, bis das Huhn mit Wasser bedeckt ist. So ergibt sich eine ideale Wassermenge.
Das Huhn wieder herausnehmen, das Wasser salzen und zum Kochen bringen. In der Zwischenzeit das Huhn zerkleinern (Flügel, Schlegel, Brust usw.). Das zerkleinerte Huhn ins kochende Wasser legen und mit Deckel eine Stunde köcheln lassen. Im Anschluss das Fleisch herausnehmen und beiseite legen. Nun die Suppennudeln in die fertige Brühe geben und ca. 10 min. kochen. Anschließend das Fleisch wieder zufügen.

Anmerkung:
Wenn Suppe übrig ist, schmeckt sie auch noch am nächsten oder übernächsten Tag gut.

Guten Appetit!

Bom apetite!

Natália Bragança

Ich komme aus Bragai (Nordportugal) und lebe seit 1966 in Freiburg. Als meine Eltern 1984 zurück nach Portugal gingen, entschied ich mich für Freiburg als meine „Lebensstätte". Inzwischen arbeite ich seit über 20 Jahren als Erzieherin im Stadtteil Stühlinger.

An was erinnert Sie diese Suppe?

„Canja"-Hühnersuppe erinnert mich an meine frühe Kindheit bei meiner Großmutter in Portugal, die eine hervorragende Köchin war.
Ich habe im Garten oft mit den Hühnern gespielt und meiner Großmutter „tatkräftig" beim Schlachten geholfen. Sie sagte immer: „Du bist eine echte Hilfe".

Wann wird diese Suppe in Ihrer Kultur gekocht?

„Canja" schmeckt einfach immer. Sie kann als Vorspeise sowie als Hauptspeise gegessen werden. Diese Hühnersuppe ist auch ein altes Hausmittel, um Kranke, Alte, Kinder und stillende Mütter zu stärken.

Beschreiben Sie die Düfte, die Sie damit verbinden.

Diese Suppe hat für mich einen lieblichen, leichten und wärmenden Duft. Noch heute löst „Canja" in mir ein wohliges Gefühl aus und erinnert mich an meinen Geburtsort und an die kleine Küche meiner Großmutter.

Ihr schönster Platz in Freiburg ...

ist die Fischerau am Martinstor. Dort kenne ich jeden Pflasterstein seit meiner Ankunft 1966.

Freiburg ist für mich ...

eine Stadt mit Geschichte und auch Teil meiner persönlichen Lebensgeschichte.

Südbadische Kartoffelsuppe mit Kracherle

Zutaten

Für 5-6 Personen

4 Kartoffeln (mittelgroß)
2 Karotten
1 dünner Stengel Lauch
1 Schnitz Sellerie
1 Bund Petersilie
1 Zwiebel
1 l Fleischbrühe, Gemüsebrühe oder Wasser
Majoran, Kerbel, Liebstöckel, Pfeffer
Weißbrot
Butter

Zubereitung

Das Gemüse putzen und in grobe Teile schneiden. Alle Zutaten in einen halben Liter Salzwasser kochen (etwa 15 Minuten). Im Topf das Gemüse zerstampfen.
Mit Brühe oder Wasser auf etwa einen Liter auffüllen.
Mit den Kräutern und Gewürzen abschmecken.

Kracherle:
Weißbrot in kleine Würfel schneiden. Butter in einer Pfanne zerlassen. Weißbrot darin goldgelb rösten.
Die Kracherle direkt aus der Pfanne in den gefüllten Suppenteller geben.

Guten Appetit!

Gabi Rolland

Ich wurde in Kenzingen geboren und bin in Emmendingen aufgewachsen. Nach meinem Abitur wollte ich ganz schnell weit weg. Erst in Australien habe ich erst gemerkt, wie stark ich in meiner Heimat verwurzelt bin. Gerne bin ich zurückgekommen und seither überzeugte Südbadenerin. Seit 1989 wohne ich in Freiburg und bin derzeit Landtagsabgeordnete der SPD.

An was erinnert Sie diese Suppe?

Wenn ich an diese Suppe denke, sehe ich mich auf der Eckbank mit meinen Eltern oder Großeltern in der Küche sitzen. Draußen ist es kalt oder regnerisch und die Suppe wärmt.

Wann wird diese Suppe in Ihrer Kultur gekocht?

Die Suppe gab es zu Hause vor allem am Samstagmittag. Es wurde in Haus, Garage oder Garten gearbeitet. Diese Hauptmahlzeit war eine willkommene Unterbrechung der Arbeit. Besonders im Herbst und Winter war es immer ein schnelles und wärmendes Essen. Am besten schmecken mir die Kracherle.

Beschreiben Sie die Düfte, die Sie damit verbinden.

Es riecht super gut nach Kräutern, Gemüse und geröstetem Brot.

Ihr schönster Platz in Freiburg … ist der Stühlinger Kirchplatz. Es ist das Kraftzentrum in einem dicht bebauten Stadtteil. Von dieser Spannung fühlen sich immer mehr Menschen angezogen, wie man an der zunehmenden Zahl von Menschen beobachten kann, die den Samstagmorgen zum Frühstückskaffee auf dem Platz verbringen.

Freiburg ist für mich …

mein Zuhause

Für was engagieren Sie sich in Freiburg?

Ich engagiere mich für den sozialen Zusammenhalt in der Stadt. Aktiv bin ich bei der Jugendberatung, im Nachbarschaftswerk, im Frauen- und Kinderschutzhaus und in der Kreuzkirche.

Welche Tipps haben Sie für Frauen, die neu nach Freiburg kommen?

Einmal auf den Münsterturm – und beim Runterschauen die Gewissheit haben: die Hälfte der Bevölkerung ist weiblich. Alles mögliche Freundinnen.

Borschtsch

Russische Suppe

Zutaten

Für 4-6 Personen

500 g Rindfleisch, zum Kochen
200 g Kasseler (Kamm)
100 g Rote Bete
100 g Möhre
50 g Petersilie (Wurzel)
100 g Lauch
200 g Weißkohl
100 g Schmalz
1 EL Essig (Kräuteressig)
2 EL Tomatenmark
2 l Brühe
100 g Zwiebel(n)
1 Prise Pfeffer
1 Lorbeerblatt
250 ml Joghurt
Salz
4 EL saure Sahne
Dill

Zubereitung

Rote Bete, Möhren, Petersilienwurzel, Lauch, Weißkohl und Zwiebeln putzen und schälen, in Streifen schneiden und mit Öl anschwitzen. Danach Essig und Tomatenmark zugeben und mit Brühe auffüllen. Rindfleisch (Kasselerkamm bzw. anderes Rauchfleisch) Pfeffer und Lorbeerblatt mitkochen. Das gare Fleisch herausnehmen und die Suppe mit Sauermilch, Joghurt, Schmand bzw. Creme fraiche je nach Geschmack binden - ich nehme z.B. auch ein Teil fettarmen Joghurt. Ein übriggebliebenes Stück Rote Bete reiben, das Fruchtfleisch sowie den Saft in die Suppe geben und mit aufkochen. Mit Salz abschmecken. Zu jeder Portion gehören je eine Scheibe Rauchfleisch, Rindfleisch und Salami. Das Gericht vor dem Servieren mit saurer Sahne begießen und mit feingehacktem Dill bestreuen.

Guten Appetit!

Хорошего аппетита!

Elena Khramtsova

Ich komme aus Jekaterinnenburg (Russland). Seit 2004 wohne ich in Freiburg. Ich mag Freiburg sehr und fühle mich hier wohl. In Russland habe ich an der Staatlichen Universität Mathematik und Informatik studiert. Hier in Freiburg habe ich ein kleines Unternehmen gegründet „ent-ra" Kunstsoftware & Kreative Computerschule.

An was erinnert Sie diese Suppe?

Borschtsch erinnert mich an meine Kindheit, an meine Oma.
Sie hat immer einen recht großen Topf verwendet. Die ganze Familie hat diese Suppe immer zwei Tage gegessen und am zweiten Tag war der Geschmack noch besser.

Beschreiben Sie die Düfte, die Sie damit verbinden.

Der Borschtsch – der Duft gehört zu unserer Familie. Meine Eltern wohnen auch in Freiburg.

Bis jetzt kocht meine Mutter den Borschtsch im großen Topf und lädt uns alle ein. Es ist ein „gemütlicher" Duft.

Ihr schönster Platz in Freiburg ... ist der Seepark. Ich entdecke immer wieder neue wunderschöne Ecken dort.

Freiburg ist für mich ...

die Erfüllung jener Redensart, in der es heißt, dass es nur zwei Arten von Menschen gebe: die Menschen, die in Freiburg schon wohnen, und die Menschen, die davon träumen, hier zu wohnen.

Für was engagieren Sie sich in Freiburg?

Ich bin Medienpädagogin.
Bei „ent-ra" malen und spielen wir mit Farben und Formen, fantasieren mit Joan Miro, mit Gustav Klimt und anderen. Es ist eine faszinierende Möglichkeit für Kinder und Erwachsene zu lernen, künstlerisch-kreativ und pfiffig am PC zu sein!

Таратор

Bulgarische Gurken-Joghurt-Suppe

Zutaten

Für 2 Personen

500 g kalter bulgarischer Joghurt
(oder Natur-Vollmilchjoghurt,
Schafsmilchjoghurt)
200 ml Wasser
1 Salatgurke
2-3 Knoblauchzehen
1 Bund Dill
50 g Walnüsse, gehackt
3 EL Olivenöl
Salz
Pfeffer

Zubereitung

Die Salatgurke unter kaltem Wasser abbrausen, nach Wunsch kann sie auch geschält werden, fein schneiden und in eine Schüssel geben.

Die Knoblauchzehen schälen und pressen oder noch besser im Mörser zerstampfen. Den Joghurt mit dem Knoblauch, dem fein gehackten Dill und dem Olivenöl vermengen, mit Salz und Pfeffer abschmecken, das Wasser nach Bedarf dazugeben und über die Gurke geben.
Mit den Walnüssen garnieren. Kalt servieren.

Anmerkung:
Die Qualiät und der Geschmack des Joghurts bestimmen die Qualität und den Geschmack des Tarators. Mit gutem Schafsmilchjoghurt schmeckt's am besten.
Die Gurke nie reiben oder raspeln, nur fein schneiden. Daran erkennt man ein gut vorbereitetes Tarator.
An heißen Tagen kann man Eiswürfel dazugeben. Das macht das Tarator richtig erfrischend.

Guten Appetit
- Dobar tek!

Tsvety Hugger

Ich bin eine Bulgarin, die seit 2001 in Deutschland lebt (und wahrscheinlich schon ziemlich „deutsch" geworden ist). Aus beruflichen Gründen bin ich nach Deutschland gekommen und aus familiären Gründen hier geblieben.

An was erinnert Sie diese Suppe?

An Sommer. An echten, heißen, bulgarischen Sommer, mit der prallen Sonne und Wärme, die nach innen und außen wirkt.

Wann wird diese Suppe in Ihrer Kultur gekocht?

Im Sommer. Allerdings wird sie nicht „gekocht". Als Vorspeise oder Hauptgericht serviert, wenn die Hitze den Appetit zunichte macht.

Beschreiben Sie die Düfte, die Sie damit verbinden.

Knoblauch! Gesund, frisch, leicht und lecker.

Ihr schönster Platz in Freiburg ...

ist die Stadtgarten-Brücke mit Sicht zum Schloßberg und Stadtgarten.

Freiburg ist für mich ...

jung und alt. Ökosophisch und traditionell. Grün bis grünspießig. Selbstbewusst und unsicher. Alternativ, aber regelverliebt.

Für was engagieren Sie sich in Freiburg?

Für die arbeitenden Mütter, die zwischen Haushalt, Kindern, Arbeit und „sich selbst" mit unglaublicher Geschicklichkeit jonglieren müssen.

Welche Tipps haben Sie für Frauen, die neu nach Freiburg kommen?

Bügeleisen, schicke Kleidung und Stöckelschuhe können ruhig vergessen werden. Fahrrad dagegen könnte sehr nützlich sein.

Kartoffelsuppe mit Würstchen

Zutaten

Für 4 Personen

500 g Kartoffeln
1 gr. Zwiebel
1 Stange Lauch
175 g Karotten
175 g Sellerie
1 EL Butter
1,5 l Gemüsebrühe
1 TL Majoran
Salz, schwarzer Pfeffer
halbes Bund Petersilie
4 Wiener Würstchen

Zubereitung

Kartoffeln und Zwiebel schälen und in kleine Stücke schneiden. Dann den Lauch putzen, waschen, abtropfen lassen und in Ringe schneiden. Karotten und Sellerie schälen und kleinschneiden. Die Zwiebel und den Lauch in Butter kurz dünsten. Mit der Brühe aufgießen, Kartoffeln, Karotten, Sellerie und Gewürze zugeben und zugedeckt ca. 30 Minuten köcheln lassen. Die Würstchen in Wasser erhitzen und danach in Scheiben schneiden.
Die Kartoffelsuppe pürieren und klein geschnittene Würstchen zugeben. Die Petersilie waschen, gut abtropfen lassen, klein hacken. Die Suppe mit Petersilie bestreuen und servieren.

Anmerkung:
Die Suppe kann auch als gebundene Kartoffelsuppe gekocht werden. Dazu aus 30 g Butter und 50 g Mehl eine helle Einbrenne herstellen. Die pürierte Kartoffelsuppe dazugeben, aufkochen lassen und abschmecken. Die Würstchen werden zum Schluss hineingegeben.

Guten Appetit!

Vera Löffler

Sozialarbeiterin, geboren und aufgewachsen am Bodensee, seit 1978 in Freiburg, zunächst zum Studium, dann in verschiedenen Arbeitsgebieten tätig, seit 1997 im Frauen- und Mädchen GesundheitsZentrum Freiburg e.V. Privat singe ich mit großer Freude beim Frauenchor La Courage.

An was erinnert Sie diese Suppe?

Diese Kartoffelsuppe erinnert mich an meine Kindheit, sie wurde oft von meiner Mutter gekocht.

Wann wird diese Suppe in Ihrer Kultur gekocht?

Gerne im Winter, wenn es draußen kalt ist.

Frauen- und MädchenGesundheits-Zentrum Freiburg e. V.
Basler Str. 8, 79100 Freiburg
Tel. 0761-2021590
Email: info@fmgz-freiburg.de
www.fmgz-freiburg.de

Beschreiben Sie die Düfte, die Sie damit verbinden.

Die Düfte versprechen eine kräftige, nährende, erdende und wärmende Suppe, ein Gefühl von Zuhause-Sein.

Ihr schönster Platz in Freiburg ...

sind die Weinberge in St. Georgen, der Stadtteil, in dem ich wohne.

Freiburg ist für mich ...

meine zweite Heimat.

Für was engagieren Sie sich in Freiburg?

Durch meine Arbeit im Frauen-und MädchenGesundheitsZentrum liegt das Thema Frauengesundheit und Mädchengesundheit nahe – da gibt es viel zu tun.

Welche Tipps haben Sie für Frauen, die neu nach Freiburg kommen?

In der „Basler 8 – für Mädchen und Frauen" arbeiten fünf Beratungsstellen und Einrichtungen für Mädchen und Frauen unter einem Dach. Da gibt es viele Informationen und Unterstützungsangebote speziell für Frauen und Mädchen.

Biža

Kroatische Erbsensuppe

Zutaten

Für 4-6 Personen

800 g Rind- oder Kalbfleisch
50 g Pancetta (Speck)
150 g Zwiebel
200 g Tomaten
3 EL Öl
1 EL Vegeta (Kroatische Würzmischung)
700 g frische Erbsen
100 g Karotten
150 g Kartoffeln
2 Knoblauchzehen
100 ml passierte Tomaten
1 EL fein gehackte Petersilie
1 Lorbeerblatt

Zubereitung

Fleisch und Pancetta in Würfel schneiden, Zwiebeln hacken, Kartoffeln und Karotten schälen und in Würfel bzw. Scheiben schneiden. Tomaten mit kochendem Wasser übergießen, kurz ziehen lassen und dann häuten, halbieren, Samen entfernen und fein würfeln.

Die Zwiebeln in etwas Öl goldbraun andünsten, danach Fleisch, Speck, Tomaten, Lorbeerblatt und Vegeta hinzufügen. Im eigenen Saft etwa 35 Minuten schmoren lassen. Hin und wieder ein wenig Wasser zugeben.

Erbsen, Karotten, Kartoffeln und gepresste Knoblauchzehe hinzufügen. Mit Wasser auffüllen, bis alles abgedeckt ist.
So lange köcheln lassen, bis die Erbsen gar sind. Gelegentlich umrühren.
Am Ende noch passierte Tomaten und Petersilie hinzufügen und noch einmal kurz aufkochen lassen.
Zum Servieren selbstgebackenes Brot reichen.

Anmerkung:
Ich lasse die Kartoffeln gut zerkochen, damit die Suppe eine dickere Konsistenz bekommt.
Vegeta ist auch in vielen Geschäften in Deutschland zu finden, ansonsten körnige Gemüsebrühe verwenden.

Guten Appetit!
Dobar tek!

Gordana Šimic

In Frankreich bin ich geboren und als bosnische Kroatin in Mostar (Bosnien und Herzegowina) aufgewachsen. Mit meinen zwei Kindern lebe ich seit 2001 in Freiburg. Ich arbeite in der Gastronomie, im Servicebereich. Arbeiten macht mir viel Spaß, aber viel mehr Spaß macht es mir, mit meinen Kindern zusammen etwas zu unternehmen. Ich bin ein sehr fröhlicher und offener Mensch.

An was erinnert Sie diese Suppe?

Es war eine unbeschwerte Zeit für uns Kinder in den Achtzigern. Wir verbrachten die ganzen Ferien bei der Großmutter, wo wir spielen und uns austoben konnten. Wir mussten zwar oft beim Kochen und im Garten helfen, aber auch das machte uns Spaß. Ich erinnere mich immer noch gerne an den Berg von Erbsen, den wir gemeinsam pulen mussten. Daran denke ich jedes Mal, wenn ich Erbsensuppe zubereite, dann höre ich das fröhliche Lachen meiner Kindheit.

Wann wird diese Suppe in Ihrer Kultur gekocht?

Die Erbsensuppe wird meistens im Frühjahr und im Sommer gekocht und als Hauptmahlzeit mit reichlich Weißbrot gereicht.

Ihr schönster Platz in Freiburg ...

die ganze Stadt. Vor allem liebe ich die Straße, in der ich wohne und freue mich, egal wo ich hin gehe, wieder nach Hause zu kommen.

Welche Tipps haben Sie für Frauen, die neu nach Freiburg kommen?

Freiburg ist eine junge fröhliche Stadt. Öffnet eure Herzen und schließt sie ein. Man kann hier auch ohne Geld sehr viel Spaß haben: Fahrrad fahren, spazieren gehen, Flohmärkte besuchen ...

酸辣汤

Chinesische Sauer-Scharf-Suppe

Zutaten

Für 5-6 Personen

30 g Tofu
jeweils 15 g gekochtes Hühnerfleisch (oder Schinken), Champignons, gekochtes Schweinefleisch
1 Ei
ca. 1 l Wasser
25 g Speisstärke
3 g gehackte Frühlingszwiebel
10 g Sojasauce
30 g Schmalz
jeweils 1 g Glutamat, Pfeffer
6 g Essig
5 g Salz

Zubereitung

Champignons, gekochtes Schweinefleisch, Hähnchen in dünne Scheiben schneiden. Den Tofu in kleine Stückchen schneiden.

Alles in den Topf geben, auch Salz, Zucker, Sojasauce. Die mit Wasser verrührte Stärke zum Verdicken hinzufügen.

Das aufgebrochene Ei zufügen. Pfeffer, Essig, gehackte Frühlingszwiebel und ein wenig Schmalz in die Suppe hineingeben. Wenn die Eier und das Fleisch aufrollen, ist die Suppe fertig!

Die Suppe in eine Schale oder Suppenschüssel gießen.

Guten Appetit!

祝好胃口

Li Cui

Ich komme aus China (Lanzhou). Seit 2003 wohne ich wegen meines Studiums in Freiburg. Hier studierte ich Volkswirtschaftlehre. Freiburg ist für mich eine zweite Heimat geworden, wo ich viele schöne Erfahrungen mache.

An was erinnert Sie diese Suppe?

Als eine gute Freundin, die in eine andere Stadt gezogen ist, wieder Freiburg besuchte, sagte sie: „Ich vermisse die scharf-saure Suppe, alle Freunde und das Leben in Freiburg!“.
Diese Suppe lässt mich an die Freundschaft denken.

Wann wird diese Suppe in Ihrer Kultur gekocht?

Eigentlich ist die Suppe die Beilage für die chinesischen Pfannkuchen mit Fleischfüllung (Pie). Die erste Portion „Pie mit Suppe“ kam im 1876 in der Qing-Dynastie vor. Die Pie mit Fleischfüllung werden in Öl frittiert. Wenn noch Scharf-Sauer-Suppe übrig ist, kann man das Fettige entfernen und so der Verdauung nachhelfen.

Beschreiben Sie die Düfte, die Sie damit verbinden.

Man kann mit dem Duft Power bekommen. Die Suppe ist sauer, scharf, salzig, duftend und frisch. Mit Sauer und Scharf kann man einen guten Appetit haben, besonders im Winter, wenn es kalt ist.

Ihr schönster Platz in Freiburg ...

ist der Münsterplatz. Dort ist es blühend und viel los. Auf dem Markt gibt es viele Spezialitäten.

Freiburg ist für mich ...

die “Sonnige Stadt“. Ich kann die schöne Sonne genießen.

Welche Tipps haben Sie für Frauen, die neu nach Freiburg kommen?

Wenn Sie Urlaub vom Alltag machen, lassen Sie alles hinter sich und genießen Sie die Thermalbäder – im wohltuenden Wasser der natürlichen Quellen, in der Hitze der Saunen oder im feucht-warmen Dampfbad.

Wirrwarr-Suppentext

(Automatisches Schreiben)

Suppe ich verfluche euch Suppen kontrolliert mich beim schreiben loslassen und alles verliert seinen Sinn im trockenen Weinen Lachen loslassen was eigentlich habe ich es in der Hand oder läuft die Soße oder war es Suppe die alleine da stehen, da liegen, da fließen oder wie ist der Ausdruck für so eine lose Flüssigkeit im Suppenteller Wellen durchbrechen meine Gedanken alle Gedanken die Flut im Fluss drückt sich aus weint und ist selig im Geschmack der Würze weint schreit nass ist alles in ihr so sie trocken wäre und lachen und ich weis nicht weiter weil alles Sinn macht und doch nicht mal dass mein Hirn es schafft zu verstehen was so alles geschieht weint es im Interview der Suppe mit ihren Kräutern oder sind es nur die Magie der Worte die es bewürzen oder so in allen Sprachen strengt mich an weil blöd ist im Wort und alles muss raus damit Platz ist für alles und sinnvoll unsinniges geweint gemalt, weiß was ich weil nur alles blüht die Schule der Stimme welche ich nur nicht vermelde ehe es vorbei ist. Das nennt sich tiefes und was weis ich nichts und alles und nicht und es rührt mich an so allein in der Welt zu Menschen. Gast der Suppen und alles in einem bleibt zusammen vielleicht die Luft gutes Wetter und schon wieder allein dabei mit Frau oder Sinnessuppe blüht gleich der geschriebene Erlaubten weil es mich traurig macht so für mich zu sein ohne zusammen mit den anderen die auch allein da sind sie doch nicht wirklich in Fremden vereint und wollen mich kennen weil sie sich allen entwickeln wollen zusammen Suppen und was noch zu tun ist egal. Wir es doch vorbereiten und im Geschmack täte es wohl weil ich hier bin.

Barbara Angelé

Suppe
Für alle
Die Hunger leiden
Es ist genug da
Armut
Im Überfluss

Annette Aly

Wer niemals eine Suppe aß,
... dem fehlt ein warmes Gefühl im Bauch
... der versteht die glückliche Seite des Lebens nicht gut
... dem entgeht ein nährender Genuss
... der hat ganz viel verpasst
... der wird nicht wissen können, wie es schmeckt
... dem fehlt eine schöne Erfahrung

Redaktionsgruppe

Hommage
Schmeckt lecker
Ein sinnlicher Genuss
In allen Kulturen beliebt
Suppe

Melanie Beulich

Robbenbabys baden nicht gern in Suppe

(Geschichten nach vorgegebenen Worten: Waschmaschine, Strand Thailand, Beerdigung, Eskimo)

Ein junger Eskimo ist wegen eines traurigen Anlasses nach Thailand eingeladen. Die Beerdigung seines Flaschenpostfreundes. Da es bei den Eskimos so üblich ist, zur Beerdigung ein Geschenk mitzubringen, hat er sich gedacht, er bringt den Verbliebenen ein kleines Robbenbaby mit. Robbenfleischsuppe gilt bei den Eskimos als Delikatesse. Am Strand in Thailand mit dem Robbenbaby im Gepäck angekommen, völlig erschöpft von der Reise, zog er sich überwältigt von der Hitze erst einmal aus, legte den Sack mit der Robbe zur Seite und schlief ein. Er schlief so fest und so lange wie noch nie in seinem Leben. Er bemerkte gar nicht, dass sein Geschenk für die Fleischsuppe einfach wegrobbte. Das kleine Tierchen robbte und robbte, bis es bei einem Waschsalon ankam. Da war es ein wenig kühler und es fühlte sich wohl. Aber es war sehr müde und wollte sich schlafen legen. Es sah, dass in den laufenden Waschmaschinen Wasser geschleudert wurde, entdeckte an einer Waschmaschine eine offene Tür und schlüpfte in wohliger Vorfreude auf die Wasserhöhle hinein. Mit dem Bild von lauter bunten Fischen im Kopf schlief das Robbenbaby selig ein.

Yeliz Durmus-Yilmaz

Wer eine Suppe kocht, der

… kann sich von vielen unterschiedlichen
Kräutern und exotischen Gewürzen
inspirieren lassen
… wird seine Zubereitung genießen
… will etwas Einfaches kochen und für
seine Lieben auf den Tisch bringen
… ist ein Genie
… kocht bestimmt mit Liebe

Redaktionsgruppe

Suppenhuhn

Vielleicht ist Fleisch
drin für das was Du
noch brauchst

Barbara Angelé

Çorba

Heißt Suppe
Suppe ist Heimat
Bei uns gab es immer
Suppen

Yeliz Dumus-Yilmaz

Binakol na Manok

Philippinische Kokos-Hühnersuppe

Zutaten

Für 6 Personen

4 Knoblauchzehen, in Scheiben
1 gr. Stück Ingwer, gestückelt
2 EL Öl
1 mittelgroße Zwiebel, geschnitten
1 Stängel Tanglad (Zitronengras), in 5 cm gr. Stücke geschnitten
1 Huhn, in Stücke zerteilt
Pfeffer
Patis (Fischsauce)
600 ml Wasser vom Reiswaschen
400 ml Kokosmilch (Dose)
1 EL Frühlingszwiebel geschnitten
evtl. zusätzlich Jaminreis

Zubereitung

Knoblauch und Ingwer in heißem Öl anbraten. Zwiebeln und Tanglad hinzufügen, danach Huhn, Patis und Pfeffer hinzugeben. Alles eine Weile braten, dann mit Reiswasser aufgießen und zugedeckt köcheln lassen, bis das Huhn gar ist.

Das Huhn und die Knochen aus der Brühe nehmen, das Hühnerfleisch in den Topf zurückgeben. Kokosmilch hinzufügen und zusammen ein paar Minuten köcheln lassen. Die Suppe mit Frühlingszwiebeln anrichten.

Anmerkung:
Auf den Philippinen wird oft Suppe zum Essen gereicht, bei der Reis nicht fehlen darf. Der Reis (z.B. Jasminreis) wird gewaschen, das erste Wasser weggegossen und das zweite Wasser zum Kochen verwendet. Im Originalrezept werden junges Kokosnussfleisch und Sili-Blätter verwendet. Beides ist in Europa schwer zu bekommen, Kokosmilch aus der Dose ist ein guter Ersatz.

Guten Appetit!
Kain Tayo!

Aileen und Laila Koller

Wir sind zwar Deutsche, doch da wir als Familie zwei Jahre auf den Philippinen gelebt haben, wurde Aileen 1993 in Iloilo, Western Visayas, geboren. Von dort haben wir in unser Freiburger Leben viele Erinnerungen mitgenommen und kochen auch heute noch gerne zusammen philippinisch. Aileen macht nächstes Jahr Abitur und Laila arbeitet im Kulturzentrum E-Werk.

An was erinnert Sie diese Suppe?

Laila: Unsere Haushaltshilfe hat mittags oft Hühnersuppe für uns gekocht, die trotz der Hitze heiß serviert wird und immer sehr gut geschmeckt hat.

Beschreiben Sie die Düfte, die Sie damit verbinden.

Aileen: Ich erinnere mich nicht an sehr viel, weil ich noch sehr klein war, doch der Duft von philippinischen Gerichten ist mir sehr vertraut und ruft positive Gefühle hervor.

Wann wird die Suppe in Ihrer Kultur gekocht?

Laila: Filipinos sind sehr gesellig und essen gern. Viele Mahlzeiten werden von einer schmackhaften Suppe begleitet.

Ihr schönster Platz in Freiburg …

Aileen: Am Waldrand auf dem Schönberg, wo man über die ganze Stadt schauen kann.

Freiburg ist für mich …

Laila: Ein wunderbares Stück Heimat.

Für was engagieren Sie sich in Freiburg?

Aileen: Ich arbeite ehrenamtlich im Rettungsdienst bei den Maltesern.

Welche Tipps haben Sie für Frauen, die neu nach Freiburg kommen?

Laila: Möglichst schnell andere Frauen kennenlernen und viel zusammen unternehmen, in Konzerte und ins Theater gehen.

Harira

Marokkanische Ramadansuppe

Zutaten

Für 6 Personen

200 g Rind- oder Lammfleisch
1 Zwiebel
1 Karotte
1 kl. Rettich
1 kl. Tasse Linsen
1 kl. Tasse Kichererbsen
1 Bund frischer Koriander (gibt es in orientalischen Geschäften)
1 Tomate
1 Dose Pizzatomaten
½ kl. Tasse Suppennudeln
1 gehäufter TL Salz
1 TL schwarzer Pfeffer
1 TL gemahlener Ingwer
1 ½ TL Gemüsebrühe
1 Msp. Curry
3 EL Olivenöl
3 EL Mehl
1 ½-2 l Wasser
Datteln und Zitrone

Zubereitung

Fleisch in kleine Würfel schneiden. Zwiebel fein hacken, Karotte, Rettich und Koriander möglichst fein hacken. Frische Tomate zusammen mit Dosentomaten pürieren. Mehl und etwas Wasser ohne Klumpen verrühren.

Das Fleisch mit den Zwiebeln im Olivenöl anbraten. Karotte, Rettich, Kichererbsen und Linsen dazugeben. Alle Gewürze hinzufügen. Mit dem restlichen Wasser ablöschen und ca. 30 Minuten bei mittlerer Hitze köcheln lassen.

Tomaten und die Wasser-Mehl-Mischung hinzugeben und dabei gut rühren, damit keine Klümpchen entstehen und weitere 30 bis 40 Minuten bei mittlerer Hitze köcheln lassen.

Feingehackten Koriander und Suppennudeln ca. 10 Minuten vor Garende dazugeben.

Fertige Suppe mit einer frischen Zitrone und Datteln servieren.

Anmerkung:

Kicherbsen einen Tag vorher in Wasser einlegen. Für die ganz Ungeduldigen, geht's auch mal mit Kichererbsen aus der Dose! Die

Harira schmeckt am nächsten Tag noch intensiver! Über Nacht jedoch im Kühlschrank aufbewahren.

Guten Appetit!

Bismillah!

Yamina Tahiri

1977 zog ich mit meiner Familie vom Norden Marokkos nach Freiburg. Ich bin vierfache Mutter und arbeite als Grundschullehrerin.

An was erinnert Sie diese Suppe?

Diese Suppe weckt Erinnerungen an gemeinsame Essen mit der Familie und Freunden. Sie wird oft nur in Gemeinschaft gegessen und lässt somit immer eine gesellige Atmosphäre entstehen.

Wann wird diese Suppe in Ihrer Kultur gekocht?

Traditionell wird die Harira im Ramadan zum Iftar (Essen nach dem Sonnenuntergang) gegessen. Im Laufe des Nachmittags wird mit dem Kochen begonnen, während man selbst noch am Fasten ist. Um so leckerer schmeckt die Harira am Abend.
Eine weitere Tradition ist es, die Harira am Morgen nach einer Hochzeit den engsten Verwandten als Frühstück zu servieren.

Beschreiben Sie die Düfte, die Sie damit verbinden.

Der frische würzige Harira-Duft steht für Ramadan, Familie, Gäste und gute Laune!

Ihr schönster Platz in Freiburg ...

immer da, wo ich mit meiner Familie und meinen Freunden bin.

Freiburg ist für mich ...

einfach schön!

Für was engagieren Sie sich in Freiburg?

Für den interreligiösen und interkulturellen Dialog.

Welche Tipps haben Sie für Frauen, die neu nach Freiburg kommen?

Nehmt an möglichst vielen Aktivitäten teil, die die Stadtteilbüros anbieten! Das ist eine gute Möglichkeit, Freiburg Schritt für Schritt kennen zu lernen!

شوربة الخضار

Arabische Gemüsesuppe

Zutaten
für 6 Personen

1 Hähnchen (ca.1 kg)
1 ½ l Hühnerbrühe
2 Kartoffeln
2 Möhren
1 kg gr. Zwiebeln
250 g Champignons, feinblättrig geschnitten
1 EL Zimt
Salz

Zubereitung
Hähnchenfleisch von Haut und Knochen lösen, in acht Stücke schneiden. Die Kartoffeln, Möhren und die Zwiebeln schälen, waschen und klein schneiden.

In einer großen Pfanne bei mittlerer bis großer Hitze Öl erhitzen. Gemischtes Gemüse hinzugeben, ca. 10 Minuten offen braten, bis das Gemüse knusprig bis weich ist, gelegentlich umrühren. Die Hühnerbrühe und das Huhn hinzugeben und eine halbe Stunde kochen lassen. Dann das Fett entfernen, den Zimt hinzugeben, den Topf abdecken und nochmals 20 Minuten kochen lassen.
Die Kartoffeln, Möhren, Champignons und Zwiebeln nochmal kurz aufkochen. Die Pfanne abdecken und ca. 10 Minuten köcheln lassen. Mit Salz und Pfeffer abschmecken.

Guten Appetit!

بالهناء و الشفاء

Randa Dakhel

Ich komme aus Aleppo, der zweitgrößten Stadt in Syrien.
Seit 2006 lebe ich mit meiner Familie in Freiburg, wo ich als Gast-Zahnärztin an der Uniklinik praktiziere. Im Moment schreibe ich meine Doktorarbeit. Freiburg ist für mich eine zweite Heimat geworden, wo ich immer wieder neue Erfahrungen sammle.

An was erinnert Sie diese Suppe?

Diese Suppe erinnert mich an das Ende des Winters. Wenn ich von der Schule kam und es kalt war, hatte meine Mutter für uns diese Suppe gekocht. Ich wärmte mich an einem Teller heißer Suppe.

Beschreiben Sie die Düfte, die Sie damit verbinden.

Der Duft erinnert mich an mein Elternhaus, am meine Mutter und ihr leckeres Essen.

Ihr schönster Platz in Freiburg ...

ist der Wochenmarkt auf dem Münsterplatz. Wie auf jedem Bauernmarkt gibt es Obst, Gemüse usw. – trotz der gigantischen Kulisse am Münster sogar zu günstigen Preisen.

Freiburg ist für mich ...

die Heimat, in der ich nicht geboren wurde.

Für was engagieren Sie sich in Freiburg?

Momentan leider nur für meine Doktorarbeit.

Welche Tipps haben Sie für Frauen, die neu nach Freiburg kommen?

Ein Fahrrad, Wanderschuhe und Landkarte kaufen und losziehen. Es lohnt sich.

Miso-Suppe

Japanische Suppe

Zutaten

Für 4 Personen

1 l Wasser
2 TL Instant Dashi
3-4 EL Misopaste (hell)
1 Stück Tofu
7 g Wakame-Algen getrocknet
1 Frühlingszwiebel
½ Zwiebel
½ Karotte

Zubereitung

Das Wakame in lauwarmem Wasser 10 Minuten einweichen lassen.
Zwiebel und Karotte in Scheiben schneiden.
Alle Scheiben vierteln, so dass es aussieht wie ein Gingkoblatt.

Die Frühlingszwiebel in feine Ringe und den Tofu in 1 cm große Würfel schneiden.
1 l Wasser mit Instant Dashi erhitzen. Das ganze Gemüse zugeben und 10-15 Minuten gar kochen lassen.
Das eingeweichte Wakame hinzugeben.
Die Misopaste in die Suppe geben und solange rühren, bis die Paste sich aufgelöst hat.
Schließlich die Tofuwürfel zufügen und die Suppe noch einmal kurz kochen lassen.

Anmerkung:
Man kann verschiedene Gemüse als Suppeneinlage verwenden, z.B. Kartoffeln, Rettich, Enoki oder Shitake-Pilze.

Guten Appetit!
Itadakimasu!

Tomomi Frattini

Ich komme aus Freiburgs Partnerstadt Matsuyama in Japan. Ich bin Hausfrau und Mutter und lebe mit meinem deutschen Mann und meinem Kind schon ein paar Jahre in Freiburg.

An was erinnert Sie diese Suppe?

Bei dieser Suppe erinnere ich mich an meine Mutter, weil sie jeden Tag diese Suppe gekocht hat.

Wann wird diese Suppe in ihrer Kultur gekocht?

Reis und Miso-Suppe sind die Grundlagen japanischen Essens. Deshalb kocht man das ganze Jahr diese Suppe, die ein typisches Alltagsessen in Japan ist.

Beschreiben Sie die Düfte, die Sie damit verbinden.

Der Duft der Miso-Suppe bringt mir Entspannung. Dabei spüre ich meine Wurzeln.

Ihr schönster Platz in Freiburg ...

ist der Flugplatz.

Freiburg ist für mich ...

eine Heimat, in der ich nicht geboren wurde. Diese Unistadt ist klein, aber interkulturell und interessant. Das gefällt mir sehr.

Welche Tipps haben Sie für Frauen, die neu nach Freiburg kommen?

Sie können einen Frauentreffpunkt besuchen, wo sie sich über das Leben gut informieren und nette Freundinnen kennenlernen können.

Canja

Brasilianische Nudelsuppe mit Huhn

Zutaten

1 frisches, küchenfertiges Suppenhuhn á 1,5 kg (oder
500 g Hühnerklein)
1 Bund Suppengrün
1 Zwiebel
1 Lorbeerblatt
1 Nelke
350 g breite Bandnudeln
Salz, Pfeffer, frisch geriebene Muskatnuss, Streuwürze
1 Bund Petersilie

Zubereitung

Das Huhn gründlich waschen, in einem Topf mit kaltem Wasser bedecken und bis zum Siedepunkt erhitzen. Bei schwacher Hitze 45 Min. köcheln lassen.

Das Suppengrün putzen, waschen und grob zerschneiden. Die Zwiebel schälen, das Lorbeerblatt mit der Nelke daran feststecken. Alles in den Topf geben und 45 Min. bei schwacher Hitze weiterköcheln lassen.

Das Huhn aus der Brühe heben. Das Fleisch von den Knochen lösen und klein schneiden. Die Möhre des Suppengrüns ebenfalls in kleine Würfel schneiden.

Die Nudeln nach Packungsanweisung bissfest kochen, das Kochwasser abgießen.

Die Hühnerbrühe durch ein Sieb zu den Nudeln gießen. Das Fleisch und die Möhrenwürfel unterrühren. Mit Salz, Pfeffer, Muskat und Streuwürze abschmecken.

Die Petersilie waschen und trockenschütteln, die Blätter fein hacken und über die Suppe streuen.

Guten Appetit!

Bom apetite!

Lúcia Rolim-Schulz

Ich bin Brasilianerin und wohne mit meiner Familie seit 1999 in Freiburg. Ich habe Lehramt studiert und Krankenschwester gelernt. Ich bin seit 2005 als Mitglied des MigrantInnen-Beirates der Stadt Freiburg aktiv und Vorsitzende der Frauenkommission.

An was erinnert Sie diese Suppe?

Bei dieser Suppe erinnere ich mich an meine Kindheit auf dem Land im Nordosten Brasiliens. Es erinnert mich an Abende, als mein Vater von der Arbeit kam und die Familie sich zum Abendessen versammelt hatte.

Wann wird diese Suppe in Ihrer Kultur gekocht?

Canja wird oft an Samstagen gekocht. Als Bild sehe ich eine große Landschaft – wie ein Garten voller Gemüse und mit Obst, das mein Vater immer erntete.

Beschreiben Sie die Düfte, die Sie damit verbinden.

Ich verbinde damit einen regnerischen und warmen Nachmittag auf dem Land, wo ich mit meiner Familie in den Schulferien war.

Freiburg ist für mich ...

ein kleine Welt ohne Grenzen, weil Menschen aus 160 Nationen hier leben.

Für was engagieren Sie sich in Freiburg?

Ich glaube, dass nur durch die Partizipation der Frauen in der Gesellschaft und in der Politik sich etwas bewegen und die Welt verändert wird. Deshalb engagiere ich mich für Frauenrechte und bin stolz, mit sehr starken Frauen wie Hatun Karakaya, Mónica Dr. Alarcon, Dr. Eliko Ciklauri-Lammich oder Anne Hetkamp, die alle gewählte Mitglieder der Frauenkommission sind, arbeiten zu dürfen.

Welche Tipps haben Sie für Frauen, die neu nach Freiburg kommen?

Bevor sie migrieren, sich über ihre Rechte als Frauen und als Migrantinnen informieren und in Freiburg Organisationen kontaktieren.
Sie sollten sich politisch und sozial engagieren und bei der Frauenkommission mitmachen, mitbewegen und teilnehmen.

Sopa de albóndigas

Nicaraguanische Fleischklößchensuppe

Zutaten

Für 5-6 Personen
1 zerkleinertes Hühnchen
4 oder 5 l Wasser
3 Knoblauchzehen
3 EL Salz
1 Zwiebel
1 Maniok / Yuca
2 Taro / Quequisque
2 Maiskolben
3 grüne Paprika
½ EL süßes Paprikapulver
3 Tomaten
5 Zweige Minze
5 Zweige Koriander
3 Limetten und 3 Orangen
¼ TL Kreuzkümmel

Zutaten Fleischklößchen

Hühnchenbrust, zerkleinert
230 g Maismehl
Brühe der Suppe
Salz, Prise Pfeffer
1EL süßes Paprikapulver
½ zerkleinerte grüne Paprika
1EL fein gehackte Zwiebel
2 Zweige Minze
2 gehackte Knoblauchzehen
1 Ei

Zubereitung

Für die Suppe das zerkleinerte Huhn in Wasser mit Knoblauch, Zwiebeln, Paprika und Salz zum Kochen bringen. Sobald das Huhn weich ist, die Brust (für die Fleischklößchen) entfernen. Maniok, Taro und Mais hinzufügen und 10 Minuten kochen lassen. Anschließend Tomaten (zerkleinert und ohne Haut), Minze, Koriander, Limetten- und Orangensaft, Kreuzkümmel, Pfeffer und Paprikapulver zugeben. Etwa 15 Minuten Kochen, anschließend Fleischklößchen hinzufügen; beim Aufschwimmen alles vom Herd nehmen.

Für die Fleischklößchen die Hühnchenbrust fein zerkleinern, Salz, eine Prise Pfeffer, Paprikapulver, Paprika, Zwiebel, Knochblauch und Minze – alles fein geschnitten – zusammen mit dem Ei und dem Maismehl hinzufügen. Dies ergibt eine Masse, der man ein wenig von der Suppe zufügt, um sie weicher zu machen. Die

Klößchen in Form und in der Größe einer kleinen Zitrone formen.

Guten Appetit!

Buen Provecho!

Suppe ist für mich … ein Stück Sonne im Geschmack.

Yaosca P. de Rothmund

Ich bin Nicaraguanerin und lebe seit 2005 mit meiner Familie in Freiburg. Ich bin Soziologin und studierte Friedensforschung und internationale Politik an der Uni Tübingen.

An was erinnert Sie diese Suppe?

Aah … diese Suppe erinnert mich an einen typischen Sonntag in Managua. Mein Vater kocht, wir (Vater, Mutter, Schwester, Hund) warten auf unsere Verwandten oder Freunde. Es ist sehr sonnig und wir sitzen schon am Tisch, reden, hören Musik und trinken etwas. Draußen sind die großen Mango-, Avocado- und Zitronenbäume Zeugen unserer Freude.

Wann wird diese Suppe in Ihrer Kultur gekocht?

Sehr häufig. Bei uns daheim vor allem am Sonntag. Unvorstellbar ist es, diese Suppe alleine zu essen. Es müssen mindestens drei Menschen am Tisch zusammen sitzen. So schmeckt sie besser.

Ihr schönster Platz in Freiburg … Es gibt viele. Aber was das Essen im Alltag angeht, ist der Stühlinger Bauernmarkt mein Lieblingsort.

Freiburg ist für mich …

eine wunderbare Stadt, nicht zu klein und nicht zu groß, sondern in der richtigen Größe. Es ist ein Ort, wo ich mich mit meinem Fahrrad frei fühle – wenn es nicht gestohlen wird ;-).

Für was engagieren Sie sich in Freiburg?

Ich bin beim Wiwilí-Verein. Der Verein engagiert sich über eine Partnerorganisation in Nicaragua für die Menschen und die Natur in Wiwili. Ich genieße die Mittwochabende in der Kronenstraße, wo wir immer spannende Diskussionen und Projekte haben. Danach gehen wir zusammen ein Bierchen trinken.

Welche Tipps haben Sie für Frauen, die neu nach Freiburg kommen?

Ich empfehle, das weiter zu machen, was sie schon in ihren Herkunftsländern gerne gemacht haben. Frau findet immer nette Leute in unterschiedlichen Gruppen und Vereinen, mit denen sie gemeinsame Interessen teilen kann. Für die „Eingewöhnungszeit“ und die harten Winter empfehle ich auch Sport und Bewegung.

Zupa z brukselki

Rosenkohlsuppe

Zutaten

300 g Rosenkohl
100 g gemischtes Gemüse nach Wahl
½ Bund Suppengrün
Kräuter
1 ½ l Fleischbrühe
2-3 EL Sahne
20 g Mehl
Salz
Pfeffer

Zubereitung

Gemüse und Kräuter gut waschen, mit kaltem Wasser ansetzen, etwa 15-20 Minuten kochen, bis es gar, aber nicht zu weich ist.
Aus der Fleischbrühe mit Mehl und Sahne eine helle Grundsuppe bereiten, mit Salz und Pfeffer abschmecken.
Gemüse zur Suppe hinzufügen, kurz aufkochen, fertig.

Guten Appetit!
Smacznego!

Urszula Piechota

Ich bin Kosmetikerin und komme aus Polen. Seit 1988 lebe ich in Freiburg.

An was erinnert Sie diese Suppe?

Die Suppe erinnert mich an meine geliebte Oma, die die beste Rosenkohlsuppe der Welt kocht ;-)
Wir waren sieben Kinder und jeder wollte die meisten Rosenkohlstücke.

Wann wird diese Suppe in Ihrer Kultur gekocht?

In Polen isst man Suppen zu jeder Gelegenheit.

Ihr schönster Platz in Freiburg ...

ist am Dreisam-Ufer mit Blick auf den Schwarzwald.

Freiburg ist für mich ...

Heimat geworden.

Für was engagieren Sie sich in Freiburg?

Für die Stühlinger SPD. Hier interessieren mich besonders die Themen Migration und Bildung.

Welche Tipps haben Sie für Frauen, die neu nach Freiburg kommen?

Freiburg ist ein toller Gastgeber.
So wie wir tolle Gäste sein sollen, genauso werden wir aufgenommen.

Yesil mercimekli kesme corbasi

Türkische Nudelsuppe mit grünen Linsen

Zutaten

1 Zwiebel
1 EL Butter
1 Spitzpaprika
1 EL Tomatenmark
200 g grüne Linsen (aus der Dose oder vorgekocht)
250 g Suppennudeln
1,5 l Wasser
1 TL Salz
1 TL Pfefferminz
1 kl. Bund Petersilie
½ TL Chilli

Zubereitung

Zwiebel und Spitzpaprika klein schneiden und im Topf mit der Butter rösten. Danach Tomatenmark dazugeben. Anschließend mit Wasser auffüllen und aufkochen lassen.
Die Linsen und die Suppennudeln dazugeben und 15 Minuten kochen lassen. Mit Salz und Chilli würzen. Zum Servieren Pfefferminz und Petersilie darüber streuen.

Guten Appetit!
Afijet olsun!

Arzu Demirel

Ich bin Hausfrau und ehrenamtliche Mitarbeiterin der Akademischen Plattform. Ich komme aus der Türkei und bin in der Schwarzmeerregion in Edirne aufgewachsen. Seit Anfang der 1990er Jahre lebe ich in Freiburg.

An was erinnert Sie diese Suppe?

An meine Kindheit in meinem Dorf.

Wann wird diese Suppe in Ihrer Kultur gekocht?

Im Winter.

Beschreiben Sie die Düfte, die Sie damit verbinden.

Ich erinnere mich bei denn Düften an das Haus meiner Großmutter.

Gibt es eine Besonderheit?

Die Suppe ist eine bescheidene Bauernsuppe.

Ihr schönster Platz in Freiburg ...

ist der Schlossberg.

Freiburg ist für mich ...

eine schöne Stadt und meine zweite Heimat.

Für was engagieren Sie sich in Freiburg?

Ich engagiere mich bei FAP für Bildung und Integration der nachfolgenden Generation.

Welche Tipps haben Sie für Frauen, die neu nach Freiburg kommen?

Erlernen Sie die deutsche Sprache und genießen sie die schöne Stadt.

Welche Angebote empfehlen Sie diesen Frauen besonders?

Nehmen Sie an unseren Kochkursen im Stadtteiltreff Brühl-Beurbarung teil und wenden Sie sich für eine gute Ausbildung Ihrer Kinder an die Regenbogenschule.

Yayla Corbasi

Türkische Almsuppe

Zutaten

Für 4-6 Personen

200 g Milchreis
1 l Wasser
500 g türkischer Joghurt
200 g Sahne
Salz
100 ml Bio-Olivenöl
1 kl. Zwiebel
½ EL getrocknete zerkleinerte Paprika
1 EL getrocknete zerkleinerte Minze

Zubereitung

Den Reis waschen und mit dem Wasser in einen Topf geben und erhitzen. Kurz vor dem Aufkochen Joghurt und Sahne einrühren. 5 bis 6 Minuten unter ständigem Rühren kochen lassen (sonst gibt es Klumpen). Bei mittlerer Temperatur 15 bis 20 Minuten weiterkochen lassen, ohne zu rühren.
In einer kleinen Pfanne Olivenöl erhitzen und klein geschnittene Zwiebeln goldbraun braten. Die Pfanne vom Herd nehmen, Paprika und Minze dazugeben. Wenn der Reis weich ist, Öl mit Zwiebeln und den Gewürzen vorsichtig in die Suppe rühren. Mit frischer Minze garnieren.

Anmerkung:
Je nach Geschmack kann die Suppe schärfer sein.

Guten Appetit!
Afiyet olsun!

Hatice Eksin

Ich komme aus der Türkei, aus einer Stadt an der syrischen Grenze. Seit 1999 lebe ich in Freiburg mit meinen beiden Kindern.

An was erinnert Sie diese Suppe?

An meine Kindheit. Meine Mutter hat diese Suppe öfters gekocht und ich fand sie immer sehr lecker. Meine Mutter ist die beste Köchin – in der Türkei sagt das allerdings jede und jeder über die eigene Mutter. Wir haben ein großes Tuch auf den Boden gelegt. In die Mitte kam ein niedriger Tisch und wir saßen im Kreis um den Tisch mit sieben Geschwistern und meinen Eltern.

Wann wird diese Suppe in Ihrer Kultur gekocht?

Im Frühling und im Sommer. Eine Spezialität ist diese Suppe im Yayla (eine Art türkische Alm). In den drei Monaten Schulferien verbringen türkische Familien einige Zeit in den Bergen auf einer Hochebene. Sie übernachten in einfachen Häusern oder ihren mitgebrachten Zelten.
Meine Eltern hatten ein großes Auto – so packten wir auch Reis, Bulgur und andere Lebensmittel sowie Kochgeschirr und einen Gaskocher ein. Für das Kochen auf offenem Feuer hatten wir Tongeschirr dabei. Dort oben wurde die Suppe gekocht. Sie ist einfach zuzubereiten und braucht nicht so viele verschiedene Zutaten.

Beschreiben Sie die Düfte, die Sie damit verbinden.

Der Duft erinnert mich an Yayla und alles was ich damit verbinde – besonders das Zusammensein mit meiner Familie und meiner Mutter. Meine Tochter mag diese Suppe auch sehr gerne.

Ihr schönster Platz in Freiburg …

ist für mich eine Bank oben in Horben. Hier sitze ich gerne, wenn ich nachdenken möchte. Ich genieße den Ausblick dort oben. Den Klang von fließendem Wasser mag ich auch sehr und am liebsten in der Natur.

Freiburg ist für mich …

die beste und schönste Stadt in Deutschland. Hier ist oft schönes Wetter und mir gefällt die Nähe zu Frankreich, der Schweiz und Österreich.

Für was engagieren Sie sich in Freiburg?

Ich engagiere mich in der internationalen Teestube und biete Nähkurse für Frauen an.

Welche Tipps haben Sie für Frauen, die neu nach Freiburg kommen?

Ich empfehle den Frauen, sich an die Vereine und Teestuben zu wenden, um sich über alles zu informieren.

Tavuklu Arpa Sehriyesi

Türkische Gersten-Nudelsuppe mit Hühnchen

Zutaten

Für 4 Personen

2 Hähnchenschlegel
250 g Gersten-Nudeln (Arpa Sehriye)
1 Eigelb
½ Zitrone
100 g Blattpetersilie

Zubereitung

Die Hähnchenschlegel waschen, trocken tupfen und in 1 Liter gesalzenem Wasser kochen, bis die Schlegel gar sind. Anschließend die Hähnchenschlegel aus dem Sud herausnehmen und abkühlen lassen.
Die Brühe durch ein feines Sieb gießen, danach ½ l Wasser hinzufügen und nochmals zum Kochen bringen. Nun die Gersten-Nudeln (Arpa Sehriyesi) dazugeben und 15 Minuten kochen lassen.
In der Zwischenzeit die abgekühlten Hähnchenschlegel von Haut und Knochen befreien und das Fleisch zerkleinern. Die Blattpetersilie abspülen, abtropfen lassen und fein hacken. Das Eigelb mit dem Saft der halben Zitrone in einer kleinen Schale verrühren.
Das zerkleinerte Hühnerfleisch in den Topf geben und weitere 10 Minuten köcheln lassen.
Vor dem Servieren die Eigelb-Zitronen-Mischung unterrühren, kurz aufkochen, die Hitze abstellen, einen Teil der gehackten Petersilie in den Topf geben und einmal umrühren.
Die Suppe kann man mit der restlichen Blattpetersilie garnieren.

Anmerkung:
Die Zubereitung der Hähnchenschlegel im Schnellkochtopf ist zeitsparender.

Guten Appetit!
Afiyet! olsun!

Frauentreff Brühl-Beurbarung

Wir sind der Treffpunkt Frauen-STÄRKEN im Stadtteiltreff Brühl-Beurbarung. Unser Treffpunkt bietet allen Frauen die Möglichkeit, in einer ungezwungenen Runde Gespräche zu führen, Kontakte zu knüpfen und Ideen zu formulieren, die schon lange in der einen oder anderen Frau schlummern. Zurzeit organisieren wir einen Familien-flohmarkt.

An was erinnert Sie diese Suppe?

Diese Suppe erinnert mich an meine Kindheit und an die kalten Wintertage.

Kontakt
FrauenStärken
Brühl-Beurbarung
Tennenbacherstr. 36
79106 Freiburg
Dienstags: 9:30 - 12:00

Wann wird diese Suppe in Ihrer Kultur gekocht?

Es gibt keinen bestimmten Tag, an dem die Suppe gekocht wird. Sie wird auch in verschiedenen Regionen der Türkei zubereitet.

Ihr schönster Platz in Freiburg …

… ist die Markthalle. Der Ort mit seinen verschiedenen kulinarischen Angeboten, den unterschiedlichen Gerüchen und den vielen Menschen, die dieses Angebot in jeglicher Vielfalt genießen.

Freiburg ist für mich …

meine Heimat und mein Lebensmittelpunkt.

Für was engagieren Sie sich in Freiburg?

Wir engagieren uns für die Bildung unserer Kinder und die Weiterbildung von Frauen.

Welche Tipps haben Sie für Frauen, die neu nach Freiburg kommen?

Engagiert euch im Kindergarten, in den Schulen der Kinder, besucht interkulturelle Vereine und die Frauentreffs in den Stadtteilen.

Snert

Niederländische Erbsensuppe

Zutaten

Für 4 Personen

1 Glas Erbsen mit Karotten
2 Kartoffeln
1 Dose passierte Tomaten oder Tomatenstücke
1 Zehe Knoblauch
1 TL Ingwerpaste
1 große Zwiebel
2 EL Öl
Pfeffer
1 TL Salz
Ketjap (indonesische Sojasoße) oder Maggi-Gewürz
1 TL Kurkuma
1 Sucuk (scharfe türkische Knoblauchwurst)
1 l Wasser
1 Suppenwürfel

Zubereitung

Die Zwiebel fein schneiden und im Öl, zusammen mit der Wurst (in kleine Würfel geschnitten), dem Knoblauch und der Ingwerpaste anbraten. Pfeffer, Salz, Kurkuma, Ketjap/Maggi und etwas Wasser hinzufügen. Die Wurst herausnehmen.

Das Wasser wegdampfen lassen und in der Zwischenzeit die Kartoffeln in kleine Stücke schneiden und hinzufügen. Wieder etwas Wasser und die Suppenwürfel hinzugeben.

Nach 10 Minuten die Erbsen mit Karotten und die passierten Tomaten dazugeben. Danach alles fein stampfen oder mit dem Stabmixer pürieren. Dann die Wurst und das restliche Wasser hinzufügen.
Dies alles zusammen bei niedriger Temperatur 50 Minuten kochen.
Mit Brot servieren.

Guten Appetit!
Eet smakelijk!

Marjolein Kamp

Ich komme aus den Niederlanden und bin mit 26 Jahren für mein Masterstudium der Sozialen Arbeit in Freiburg gelandet. Zur Zeit arbeite ich als Altenpflegerin.

An was erinnert Sie diese Suppe?

Winter, Schnee und 'Gezelligheid'. Familie. Zusammensitzen, während draußen ein eiskalter Wind weht.

Wann wird diese Suppe in Ihrer Kultur gekocht?

Im Winter, vor allem beim Schlittschuhlaufen. Im Winter ist es in den Niederlanden sehr kalt, sogar so kalt, dass manchmal die Flüsse und Seen zufrieren. Man kann dann überall auf Natureis Schlittschuhlaufen – auch von Stadt zu Stadt! Unterwegs kann man sich an „Snert" (Stände) bei ‚Koek en Zopie' (Kuchen und Getränke) aufwärmen.
Suppe gibt es auch zu kaufen. Aber man isst sie natürlich auch zuhause mit Brot. Die Suppe füllt die Mägen.

Beschreiben Sie die Düfte, die Sie damit verbinden.

Herdfeuer, nasse Kleider und Schnee.

Ihr schönster Platz in Freiburg ...

ist der Schlossberg.

Freiburg ist für mich ...

das Leben genießen, schönes Wetter und schöne Natur!

Für was engagieren Sie sich in Freiburg?

Für die Frauengruppe des islamischen Zentrums.

Welche Tipps haben Sie für Frauen, die neu nach Freiburg kommen?

Es gibt Frauen aus aller Welt und viel Geselligkeit und Offenheit für jeden. Ich empfehle an den vielen Angeboten teilzunehmen, bei denen man nette Frauen kennenlernen kann.

Suppenerzählung

Die Suppe gab es bei uns täglich. Gewöhnlich hat man sie mit einem dicken Stück Fleisch gekocht, dann bekam der Vater das Fleisch und der Rest der Familie die Suppe. Dazu hat man frisch gebackenes Brot gereicht, an dessen Duft ich mich immer noch erinnern kann.

Während einige meiner Freunde damals mittags auf ein Stück Brot mit Leberwurst „verurteilt" waren, wuchsen ich und meine Geschwister mit der feinen regionalen Küche auf und freuten uns riesig, wenn wir sporadisch auch ein Stück Brot mit dem Aufstrich genießen durften.

Erst im Laufe der Jahre wurde mir klar, wieviel Liebe in jede Mahlzeit investiert wurde. Krapfen und heiße Milch für Frühstück am frühen Morgen vor der Schule, das erste Mittagessen und der ganze Rest nach der Schule ... der Geruch von Gemüsesuppe, Bratkartoffeln oder Kürbis in den kalten Abenden, wenn wir die warme Küche betraten, bedeuteten Sicherheit und Geborgenheit.

Die lebendigsten Erinnerungen sind nicht im Kochbuch gespeichert: Omas unwiderstehliche Suppe, aus der ich schon vor dem Mittagsessen einige Stückchen Kartoffeln bekam.

Selten blättere ich in Omas Rezepten. Im Laufe der Jahre veränderten sich meine kulinarischen Geschmäcker und Vorlieben. Doch mit vielen kulinarischen Geheimnissen, die mir meine Großmutter gab, werden einige Lebensmittel auf meinem Speiseplan bleiben – weil die Küche meiner Großmutter die beste ist!

Natali Čulo

Suppenkochbuch

50 Frauen
Kochen ihre Köstlichkeiten
Vielfalt auf Freiburgs Tischen
Suppengedicht

Irene Schumacher

Suppenwanderung

Los geht's
Durch die Welt
Shirn – tschorba – tang – sup
Suppenkönigin

Annette Aly

Für eine gute Suppe würde ich

… Spargel der Saison verwenden
… mir nicht nur die Zeit nehmen zu kochen, sondern auch
meine Freunde einladen
… im Winter vieles andere stehen lassen
… Kräuter reinlegen

Redaktionsgruppe

Einblicke in die Produktionsphase

Im März 2011 trafen sich erstmals interessierte Frauen aus unterschiedlichen Herkunftsländern im Quartiersladen Stühlinger, um sich über das Kochbuch zu informieren. Es etablierte sich schnell eine feste Redaktionsgruppe, die sich bis Ende Juli einmal wöchentlich traf. Die Gruppe erarbeitete ein Konzept, entwickelte einen Leitfaden zum Verfassen von Beiträgen, verständigte sich über Inhalt, Layout und Verbreitungswege ihres Kochbuches. Unermüdlich sprach sie Frauen an oder unterstützte diese beim Verfassen von Beiträgen. Im Medienraum der Kubus³ Projektwerkstatt lernten sie selbst neue Programme kennen und arbeiteten am Layout des Kochbuches.

Inspirationen sammeln

Was ist das Besondere am Vorhaben?

Vor dem Quartiersladen Stühlinger.

Welche Frauen wollen wir ansprechen?

Auch die Kinder sind mit dabei.

Unterwegs, um Frauen für unser Vorhaben zu gewinnen.

Meilensteine werden gefeiert! Die ersten Beiträge von Frauen liegen vor.

Besprechung im Medienraum von Kubus^3 Projektwerkstatt.

Auch schwierige und mühsame Abstimmungsprozesse gehören dazu.

Überarbeitung der Suppentexte.

Kristina ist immer mit Puppe dabei.

Besichtigung der Druckerei schwarz auf weiss.

Vorstellung des Layouts durch die Grafikerin Myriam Petzold.

Einführung in die Bildbearbeitung und das Layoutprogramm.

Redaktionsbesprechung: Rückmeldung zum aktuellen Stand.

Mit chinesischer Frühstückssuppe feiern wir stolz unser Kochbuch!

„Suppenküche international"
1. Mai 2011 auf dem Stühlinger Kirchplatz

Der erste öffentliche Auftritt und die Vorstellung der Idee wurde vom Redaktionsteam gut vorbereitet. In der Küche der Kreuzgemeinde kochten die Frauen eine chinesische Frühlingssuppe und eine libanesische Linsensuppe. Auf dem Kirchplatz verkauften sie die Suppe, präsentierten die Idee und fragten andere Frauen zur Beteiligung an. Die Suppen kamen gut an und es gab zahlreiche Rückmeldungen in Form von Suppengedichten und Zitaten (rechte Seite).

Eure 1. Mai Suppe war der Lamborghini unter allen angebotenen Speisen.

Suppe ist Großmutter – Suppe ist Heimat.

Suppe ist wie zu Hause ankommen.

Suppe ist wie eine Wärmflasche von oben bis unten.

Suppe ist Erholung für den Magen und die Seele.

Hast du ne gute Suppe im Magen kannst du auch manch Politik vertragen.

Friedensbrüder

Gorba benim isimi isitiyor.

Dilek Türk. HOG e.V.

Corba `da benimde fuzum olsun!

Hylya Türk. HOG e.V.

Суп с щавелем
Russische Sauerampfersuppe

Zutaten
Für 4 Personen

1 Bund Sauerampfer
2 Kartoffeln
2 Karotten
1 Zwiebel
3 Eier (gekocht)
1,5 l Rinderbrühe
2 EL Haferflocken
Salz, Pfeffer
Schmand

Zubereitung
Die Kartoffeln, Karotten und Zwiebel schälen und in Stücke schneiden. Die Karotten in etwas Öl anbraten und danach die klein geschnittene Zwiebel dazu geben. So lange anbraten, bis die Zwiebelstücke gold braun werden.

Die Kartoffeln werden parallel in der Rinderbrühe gekocht. Anschließend die angebratenen Karotten und Zwiebelstücke in die Brühe geben und die Haferflocken einrühren. Das Ganze mit Salz und Pfeffer abschmecken. Eventuell zusätzlich mit etwas Muskatnuss würzen.

Die Sauerampferblätter ohne Stiele waschen und in Streifen schneiden. Sobald die Kartoffeln und Karotten weich sind, werden die geschnittenen Sauerampferblätter der Brühe hinzugefügt. Damit die Vitamine erhalten bleiben, nur kurz aufkochen. Anschließend die gekochten Eier schälen, in Stücke oder Hälften schneiden und in jeden Teller mit der Suppe geben. Ein Klecks Schmand dazu. Fertig!

Guten Appetit!

Хорошего аппетита!

Irina Gotmann

Ich lebe seit 1997 in Deutschland. Ursprünglich komme ich aus Russland, aus dem Gebiet des Nord-Kaukasus. Ich bin Mutter von drei Kindern und von Beruf Krankenschwester.

An was erinnert Sie diese Suppe?

Wir hatten in unserem Garten sehr viel Sauerampfer. Diesen gab es nur im Frühling und deshalb hat meine Mutter zu dieser Jahreszeit sehr viel Suppe gekocht. Es war für mich das erste, schmackhafte Grünzeug mit sehr vielen Vitaminen.

Wann wird diese Suppe in Ihrer Kultur gekocht?

Die Suppe ist eine Vorspeise zum Mittagessen. Da sie sehr sättigend ist, kann man die Suppe auch als Hauptgericht mit frischem Brot essen.

Beschreiben Sie die Düfte, die Sie damit verbinden.

Der besondere Geruch des gekochten Ei in der Sauerampfer-Suppe erinnert mich an meine Kindheit.

Ihr schönster Platz in Freiburg ...

ist das Münster. Es hat wirklich eine ganz besondere Atmosphäre.

Freiburg ist für mich ...

zu meiner zweiten Heimat geworden. Ich fühle mich hier zu Hause. Freiburg erinnert mich sehr an meinen Geburtsort, da das Klima und die Gegend dort sehr ähnlich sind. Auch hier kann ich im Winter mit meinen Kindern prima Ski oder Snowboard fahren.

Welche Tipps haben Sie für Frauen, die neu nach Freiburg kommen?

Für Frauen mit Kindern ist die erste Wahl der Europapark bei Rust. Aber auch unsere Schwimmbäder in Freiburg und Umgebung haben etwas Besonderes.

Miso-Suppe
Japanische Suppe

Zutaten
Für 4 Personen

1 mittelgroße Lauchstange
1-2 Karotten
1 EL Wakame (Seetang) aus dem Bioladen
3 EL Japanisches Miso, hellbraun aus dem Bio- oder Asialaden
1 TL Dashi (japanische Fischbrühe)
1 Päckchen Tofu
Schnittlauch

Zubereitung
Lauch und Karotten waschen und klein schneiden. Das Gemüse in einem Topf in Öl anbraten.
4 – 5 Tassen Wasser dazugeben.
Kochen, bis das Gemüse weich ist.
Nach und nach Wakame, Miso und Dashi dazugeben und leicht köcheln lassen.
Zum Schluß den geschnittenen Tofu dazugeben und ziehen lassen.
In Schüsseln servieren und mit frischem Schnittlauch bestreuen.

Guten Appetit!
Itadakimasu!

Oko

Ich komme aus Japan und lebe schon länger als mein halbes Leben in Freiburg.

An was erinnert Sie diese Suppe?

An meine Heimat. Mein Vater hatte keinen Geruchssinn. Damit er geschmacklich etwas wahrnehmen konnte, nahm meine Mutter viel Miso und Salz für diese Suppe, deshalb mochte ich als Kind keine Suppe. Erst im Erwachsenenalter habe ich sie wieder zu schätzen gelernt.

Wann wird diese Suppe in Ihrer Kultur gekocht?

Zum Frühstück, Mittagessen, Abendessen – sie wird täglich gegessen.

Beschreiben Sie die Düfte, die Sie damit verbinden.

Es riecht für mich nach Heimat. Wenn ich auf dem Flughafen in Japan lande, riecht es schon nach Misosuppe!

Ihr schönster Platz in Freiburg ...

ist die ganze Stadt.

Freiburg ist für mich ...

meine zweite Heimat. Ich lebe hier schon länger als in meiner Heimat Japan.

Für was engagieren Sie sich in Freiburg?

Ich gebe Japanisch-Unterricht und möchte für meine Mitmenschen da sein – in jeder Hinsicht.

Welche Tipps haben Sie für Frauen, die neu nach Freiburg kommen?

Eine positive Einstellung haben, dann klappt alles – überall.

Boršč

Ukrainische Vitaminsuppe
(Vegetarisch oder mit Fleisch)

Zutaten
Für 4 Personen

2 Rote Beten
2 Karotten
3 Kartoffeln
1 Zwiebel
1 Knoblauchzehe
½ Dose passierte Tomaten
1 Dose Kidney-Bohnen
1 Zitrone
Frische Kräuter (Dill, Petersilie, Schnittlauch)
Schwarzer Pfeffer, Muskatnuss,
1 Lorbeerblatt
Olivenöl
Gemüsebrühe
Crème fraîche
evtl. 200 g Fleisch (Rind oder Huhn) für die Bouillon

Zubereitung (vegetarisch)
Kartoffeln in Würfel schneiden und in 1,5 Liter Wasser zusammen mit der Gemüsebrühe kochen.
In der Zwischenzeit Zwiebel klein schneiden, Karotten und Rote Beten grob reiben und in einer Pfanne in Olivenöl anbraten: Mit den Zwiebeln beginnen, wenn die Zwiebeln goldbraun sind, Karotten dazugeben und als letzte Zutat Rote Bete. Passierte Tomaten in die Pfanne geben und alles gut mischen. Eine Prise Zucker, Salz, Muskatnuss und gepressten Knoblauch dazu geben. Den Saft der Zitrone in die Pfanne gießen und mischen.
Die Bohnen in einem Sieb abwaschen, abtropfen lassen und in den Topf mit den Kartoffeln legen. Gemüsemischung aus der Pfanne hinzufügen. Mit Lorbeerblatt und Pfeffer verfeinern. Suppe zum Kochen bringen und zur Seite stellen. Der Boršč braucht etwas Zeit zum

Ziehen – dann schmeckt er besser. Mit den geschnittenen Kräutern und Crème fraîche servieren.

(Mit Fleisch):
Fleischbouillon kochen, Fleisch aus dem Topf nehmen und in Würfel schneiden und zum Schluss in die fertige Suppe geben.

Guten Appetit!

Смачного!

Olena Lytvynenko

Seit 2001 lebe ich in Freiburg. Hier habe ich Kunstgeschichte, Geschichte und Ethnologie studiert. Meine Familie ist ukrainischer Herkunft. Meine beiden Kinder wurden in Freiburg geboren. Mein Sohn sagt, er sei ein echter Freiburger.

An was erinnert Sie diese Suppe?

Boršč erinnert mich an meine Heimat – so einfach ist es! Boršč ist so was wie die National-Suppe der Ukraine. Man kann eine Ukrainerin als solche erkennen, wenn sie Boršč lecker kocht.

Wann wird diese Suppe in Ihrer Kultur gekocht?

Im Alltag, und zwar jede Woche. Boršč ist ein Gericht, welches viele wichtige Nährstoffe enthält und leicht zuzubereiten ist. Gerade deswegen ist Boršč in der Ukraine so beliebt.
Es gibt einen Geheimtipp … falls jemand einen echten Kosaken-Boršč kennenlernen möchte: Man braucht ein kleines Stück Speck und eine Zehe Knoblauch. Die beiden Zutaten reibt man kräftig im Mörser und gibt diese Mischung ganz zum Schluss in den Topf. Ukrainer glauben nämlich an die magische Kraft dieser Mischung.

Beschreiben Sie die Düfte, die Sie damit verbinden.

Die Düfte, die ich mit Boršč verbinde, sind sehr vielfältig! Aber vor allem ist es der Duft des Landes, der Erde, die in meiner Region ganz schwarz ist. Die Gemüsesorten, die dort wachsen, sind besonders aromatisch.

Ihr schönster Platz in Freiburg …

ist der Japanische Garten am Seepark.

Für was engagieren Sie sich in Freiburg?

Für den Arbeitskreis Interkultur in der Anne-Frank-Grundschule; für die Fitness von Frauen; für die Anerkennung der künstlerischen Leistungen und der künstlerischen Freiheit der Kinder.

Freiburg ist für mich …

wie die Erde in unserem Sonnensystem – klein, aber fein.

Welche Tipps haben Sie für Frauen, die neu nach Freiburg kommen?

1. Sich vom sportlichen Stil der Freiburgerinnen nicht beirren lassen – sie sind ganz große Romantikerinnen.
2. Spaziergänge entlang der Dreisam.

Tavuklu Şehriye çorbasi

Türkische Nudelsuppe mit Hähnchen

Zutaten

Für 5 Personen

1 Hähnchen (gekocht und zerkleinert)
3 l Wasser
1 l Hühnerbrühe
1 Tasse Şehriye (türkische Suppennudeln)
3 EL Zitronensaft
3 EL Öl
2 EL Tomatenmark, Salz
Petersilie

Zubereitung

Tomatenmark kurz in Öl dünsten. Das gekochte Hähnchenfleisch hinzufügen und braten. Hühnerbrühe und Wasser hinzufügen und zum Kochen bringen. Mit Salz und Pfeffer abschmecken. Türkische Suppennudeln dazugeben und kochen, bis die Nudeln weich sind. Vor dem Servieren die gehackte Petersilie und Zitronensaft hinzufügen und 2 bis 3 Minuten auf der warmen Herdplatte ziehen lassen.

Guten Appetit !

Afiyet olsun!

Dilek Gezer

Ich bin Diplom-Pädagogin und arbeite bei pro familia als Projektkoordinatorin und lebe seit 2004 in Freiburg. Ich habe einen Sohn. Meine Eltern kamen vor fast 50 Jahren als Gastarbeiter aus der Türkei nach Deutschland. Ich bin in Deutschland geboren, aufgewachsen bin ich jedoch in der Türkei. Ich habe noch einen Bruder, der mit meiner Mutter in der Türkei lebt.

An was erinnert Sie diese Suppe?

Diese Suppe erinnert mich an meine Mutter und an meinen Bruder. Wir haben sie gerne gegessen. Oft reichte ein Teller nicht aus. Unsere Mutter konnte sie besonders gut kochen.

Wann wird diese Suppe in Ihrer Kultur gekocht?

Diese Suppe wird fast zu jeder Jahreszeit gekocht. Besonders wenn es draußen kalt ist. Wenn wir krank waren, erholten wir uns mit einem Teller dieser heißen Suppe. Suppen werden in der Türkei als Vorspeise serviert. Und die Türken sagen nicht „Suppe essen“, sondern „Suppe trinken“.

Ihr schönster Platz in Freiburg ... ist die Markthalle, seitlich vom Martinstor. Dort kann der Feinschmecker allerlei Köstlichkeiten aus den verschiedensten Ecken der Welt probieren. Vom Portugiesen über den Inder, Chinesen, Afghanen, zahlreiche Nationen sind dort mit ihren Essensständen vertreten.

Freiburg ist für mich ...

eine klimatisch und menschlich sehr warme und herzliche Stadt. Ich fühle mich hier sehr wohl. Sie ist für mich und meinen Sohn eine zweite Heimat geworden.

Für was engagieren Sie sich in Freiburg?

Ich bin bei pro familia tätig und koordiniere das Projekt „Interkulturelle Öffnung“. Mit dem Projekt möchte ich den MitbürgerInnen mit verschiedenen kulturellen und sprachlichen Hintergründen den Zugang zu sexualpädagogischen Themen erleichtern.
Außerdem leite ich die interkulturelle Frauenteestube Littenweiler im Rahmen des Xenos-Projekts „FrauenStärken im Quartier“.

Welche Tipps haben Sie für Frauen, die neu nach Freiburg kommen?

Sich erstens das Auto fahren abgewöhnen. Die beste Möglichkeit, sich Stress zu ersparen ist, im Sommer einfach ein Fahrrad zu benutzen. Man ist wesentlich flexibler, kann Schleichwege und Abkürzungen benutzen und hat nicht das Problem, einen der seltenen Parkplätze in Innenstadtnähe ergattern zu müssen.

Supa më makarona

Mazedonische Nudelsuppe mit Hähnchenfleisch

Zutaten

Für 4 Personen

2 Hähnchenschenkel
3 Karotten
1 l Wasser
Salz
2 Hände voll Suppennudeln
2 Eier
Vegeta (jugoslawisches Gewürz)

Zubereitung

Hähnchenschenkel mit klein gewürfelten Karotten 30 Minuten in Wasser kochen, bis das Fleisch weich ist. Die Hähnchenschenkel herausholen, Fleisch vom Knochen entfernen und in kleine Stücke schneiden. Fleisch wieder zurück in den Topf geben. Suppennudeln dazugeben und 2-3 Minuten kochen. Topf vom Herd nehmen. Zwei Eier verquirlen und unter Rühren in die Suppe geben. Mit Vigeta abschmecken.

Guten Appetit!
Të boft mir!

Hava Goxhaj

Mit fünfzehn Jahren kam ich mit meiner Mutter und sechs Geschwistern nach Deutschland und lebe nun schon seit Anfang der 1990er-Jahre in Freiburg.
Mein Vater ist Albaner aus Mazedonien und meine Mutter Bosnierin. Ich bin Mazedonierin und in Skopje geboren. Ich habe zwei fast erwachsene Kinder und arbeite im Altenheim. Die Arbeit mit älteren Menschen macht mir sehr große Freude.

An was erinnert Sie diese Suppe?

Diese Suppe erinnert mich an meine Familie. Wir sitzen zum Frühstück zusammen und essen diese Suppe. Meine Mutter kochte sie zweimal wöchentlich zum Frühstück. Als Kind mochte ich diese Suppe nicht, weil mir Möhren nicht schmeckten. Heute mag ich diese Suppe und koche sie oft für mich und meine Kinder.

Wann wird diese Suppe in Ihrer Kultur gekocht?

Es ist eine einfache Suppe, ein Alltagsessen. Hühner, Möhren (Gemüse) und Eier waren immer genug da.

Beschreiben Sie die Düfte, die sie damit verbinden.

Etwas Warmes kam am frühen Morgen auf den Tisch. Wenn ich diese Hühner-Nudel-Eiersuppe rieche, denke ich automatisch an meine Mutter.

Ihr schönster Platz in Freiburg …

… ist auf einem Hügel im Mooswald, weil es dort schön ist und einen herrlichen Blick auf Freiburg gibt. Vor mir liegt Freiburg und hinter mir die Natur.
Mein Lieblingsplatz ist aber auch bei meiner Freundin Ingrid im Garten.

Freiburg ist für mich …

Heimat – ich kann mir nicht vorstellen, woanders zu leben.

Welche Tipps haben Sie für Frauen, die neu nach Freiburg kommen?

Sie sollen unbedingt Deutsch lernen und gut beherrschen, vor allem junge Frauen. Es hilft überall sehr, wenn man die Sprache beherrscht. Das beste wäre, deutsche Freunde zu finden, damit man die Sprache schneller lernen und sich hier besser zurechtfinden kann. Man lebt sich dann schneller ein.

Knofisüpple

Knoblauchsuppe

Zutaten

Für 4 Personen

3 mittelgroße Zwiebeln
½ Knoblauchknolle
1 EL Öl
1 EL Butter
½ l Gemüse- oder Fleischbrühe
½ l Sahne
40 ml Gewürzessig
2 Scheiben Brot
Pfeffer, Salz
1 Bund Schnittlauch

Zubereitung

Die Zwiebeln und den Knoblauch klein hacken und in einem Topf mit Öl glasig andünsten. Gemüsebrühe, Sahne und Essig dazu geben und alles bei geringer Hitze 15 Minuten köcheln lassen. Mit Salz und Pfeffer abschmecken.

Das Brot in Würfel schneiden und in einer Pfanne mit der Butter rösten, bis sie knusprig sind. Schnittlauch in kleine Röllchen schneiden.

Die Suppe mit dem Pürierstab pürieren. Mit den Brotwürfeln und dem Schnittlauch servieren.

Guten Appetit!

Regina Gensler

Geboren bin ich in Stuttgart, lebe aber seit Mitte der 1970er Jahre in Freiburg. Meinen Arbeitsplatz habe ich seit vielen Jahren in der Kontaktstelle Frau und Beruf. Das Thema Gleichstellung von Frauen beschäftigt mich schon sehr lange. So war Frauenforschung ein großer Schwerpunkt meines Soziologiestudiums an der Albert-Ludwigs-Universität. Durch meine erste Ausbildung zur Feinmechanikerin und meine anschließenden Tätigkeit als Dreherin im Maschinenbau habe ich erfahren, was es bedeutet, als Frau in einer Männerdomäne zu arbeiten.

An was erinnert Sie diese Suppe?

Der Knoblauchduft der Suppe erinnert mich an die südlichen Länder Europas, in denen ich gerne meinen Urlaub verbringe, an laue Sommerabende und das Meer.

Gibt es eine Besonderheit?

Die Zutaten sind preiswert, die Zubereitung ist einfach und geht super schnell. Trotzdem ist die Suppe sehr delikat und gelingt immer!

Ihr schönster Platz in Freiburg …

Ihr schönster Platz in Freiburg … ist der Schlossbergturm hoch oben über der Stadt: Ein kleiner Platz mit einem großartigen Weitblick über die ganze Stadt und die Landschaft um Freiburg herum – das ist im wahrsten Sinne des Wortes erhebend.

Freiburg ist für mich …

zu meiner Heimat geworden. Ich kenne hier sehr viele Menschen persönlich, sodass ich mich manchmal in dieser Großstadt wie auf dem Dorf fühle.

Welche Tipps haben Sie für Frauen, die neu nach Freiburg kommen?

Möglichst viele Menschen kennen lernen und sich ein Netzwerk aufbauen. Gute Kontakte helfen sowohl in beruflicher als auch privater Hinsicht, Fuß zu fassen.
Es gibt in Freiburg ein vielfältiges Beratungsangebot, auch viele frauenspezifische Einrichtungen, die Frauen in den verschiedensten Lebenssituationen nützlich sein können.

Corba

Libanesische Hühnersuppe

Zutaten

Für 4-5 Personen

5 Hähnchenschenkel
5 Karotten
100 g Reis
40 g feine Nudeln
2 TL Butter
2 Lorbeerblätter
50 g Petersilie
1 Zwiebel
2 Kardamom
2 Zimtstangen
1 TL Salz

Zubereitung

Hähnchenschenkel in einen großen Topf mit Wasser und Lorbeerblättern, Salz, Zwiebel (geschält und ganz), Zimtstangen und dem Kardamom geben. 20 Minuten kochen lassen, bis das Fleisch weich ist. In einem mittelgroßen Topf die Butter schmelzen. Die feinen Nudeln dazugeben und goldbraun anbraten. Das Wasser zu den Nudeln gießen. Die Karotten in dünne Scheiben schneiden und mit den Reiskörnern dazugeben. Nochmals 20 Minuten kochen lassen. Das Fleisch von den Knochen entfernen und in die Nudelsuppe geben. Petersilie darüber streuen.

Anmerkung:
Die Hähnchenschenkel können auch als Ganzes auf die Teller verteilt werden.

Guten Appetit!

صحة وعافية

شوربة الدجاج

غذاء كامل الدسم يحتوي على جميع الفيتامينات
يطبخ في شهر رمضان وغالباً في فصل الشتاء
صحة وعافية.

Lina Bayrouti

Ich bin Libanesin und komme aus Bakaa. Seit 2002 lebe ich in Freiburg. Meine Kinder gehen hier zur Schule.

An was erinnert Sie diese Suppe?

Diese Suppe erinnert mich an meine Mutter. Im Winter, wenn wir von der Schule nach Hause kamen, erwarteten uns bekannte Düfte. Wir saßen dann alle zusammen am Tisch, redeten, lachten und aßen.

Wann wird diese Suppe in Ihrer Kultur gekocht?

Diese Suppe wird im Winter gekocht. Der Winter im Libanon ist sehr kalt, so kommt eine warme Suppe sehr gelegen. Auch während des Ramadan, der Fastenzeit, wird diese Suppe gerne gegessen, da sie sehr nahrhaft ist.

Beschreiben Sie die Düfte, die Sie damit verbinden.

Der Duft erinnert mich sehr an meine Kindheit und die kalte Jahreszeit im Libanon.

Ihr schönster Platz in Freiburg ...

ist der Stadtgarten, weil ich mich dort entspannen und viele Arten Blumen und Bäume entdecken kann.

Freiburg ist für mich ...

ein Ort, in dem viele verschiedene Kulturen leben, und das gefällt mir gut.

Für was engagieren Sie sich in Freiburg?

Ich engagiere mich in der internationalen Teestube in Haslach und organisiere Schwimmkurse für Frauen.

Meinen großen Dank an dieser Stelle möchte ich Frau Sarghuna Steck aussprechen, weil sie mir die Chance gegeben hat, mich in der Teestube zu engagieren und zu zeigen, welche Stärken und Qualitäten in mir stecken.

Welche Tipps haben Sie für Frauen, die neu nach Freiburg kommen?

Gehen Sie in die verschiedenen Gärten und Parks – dort gibt es alle Blumenarten. Und besuchen Sie den Münsterplatz – dort treffen Sie Menschen aus aller Welt.

Kırmızı mercimek corbasi

Rote türkische Linsensuppe

Zutaten

Für 4-5 Personen

1 mittelgroße Zwiebel
2 Knoblauchzehen
1 Tomate oder ½ Dose pürierte Tomaten
1 EL scharfes Paprikamark (aci biber salcasi)
2 Tassen rote Linsen
2-3 EL Raps- oder Sonnenblumenöl
getr. Pfefferminze
Pfeffer
Salz

Zubereitung

Zwiebel und Knoblauch schälen und sehr fein schneiden.
Anschließend in einem Topf das Öl erhitzen und Zwiebel sowie Knoblauch darin andünsten. Mit der Tomate und dem Paprikamark ablöschen. Die Mischung etwa 3-4 Minuten köcheln lassen. Linsen gründlich waschen, dann ebenfalls in den Topf geben. Mit etwa 1 ½ Liter heißem Wasser aufgießen und mit der Pfefferminze, Pfeffer und Salz würzen.
Nun alles zusammen ca. 15-20 Minuten kochen lassen, bis die Linsen weich sind.
Zum Schluss abschmecken und die Suppe mit etwas Pfefferminze dekoriert anrichten.

Anmerkung:
Diese Suppe schmeckt sowohl heiß als auch kalt köstlich!

Guten Appetit!
Afiyet olsun!

Hatice Mamoon

Ich stamme aus Rize in der Türkei. Mit 12 Jahren bin ich mit meinen Eltern nach Freiburg gezogen. Mittlerweile bin ich examinierte Krankenschwesternhelferin. Freiburg ist für mich zu einem zweiten Zuhause geworden. Hier habe ich auch eine eigene Familie gegründet. Als Hausfrau und Mutter von vier Kindern im Alter von 19, 18, 7 und 5 Jahren bin ich rund um die Uhr beschäftigt.

Wann wird diese Suppe in Ihrer Kultur gekocht?

Bei uns wird diese Suppe besonders gerne während des Ramadan gegessen, aber auch im Winter oder bei ungemütlichem Regenwetter tut diese warme Mahlzeit richtig gut. Im Sommer ist sie kalt sehr zu empfehlen.

Gibt es eine Besonderheit oder Bedeutung?

Meiner Meinung nach macht vor allem die Pfefferminze die Suppe zu etwas Besonderem, viele Deutsche kennen die Pfefferminze ja nur in ihrer Verwendung als Tee. Außerdem ist die Suppe durch das Eiweiß der Linsen recht nahrhaft und gesund.
Alle Zutaten sind leicht in Deutschland erhältlich.

Ihr schönster Platz in Freiburg …

ist die Ponton Brücke im Seepark. Wenn ich über die schwimmende Brücke mit ihren blauen Ballons spaziere und dabei dem Wasser so nah sein kann, fühle ich mich wie in Istanbul. Dann kann ich vollkommen abschalten und mich in meinen Träumen verlieren.

Für was engagieren Sie sich in Freiburg?

Ich habe bereits wiederholt bei unserem FrauenSTÄRKEN-Treff in Zähringen einen Kochkurs angeleitet. Ich koche leidenschaftlich gerne. Außerdem habe ich einen Handarbeitskurs im Zähringer Treff angeboten, bei dem sich Mädchen im Alter von 6 bis 8 Jahren im Häkeln und Stricken versuchen konnten.

Welche Tipps haben Sie für Frauen, die neu nach Freiburg kommen?

Ich halte es für besonders wichtig, von Anfang an aktiv Kontakt zu suchen, vor allem auch zu deutschen Muttersprachlern, um möglichst rasch Deutsch zu lernen.
Außerdem bin ich davon überzeugt, dass es ausschlaggebend ist, gerade am Anfang die Hoffnung nicht zu schnell aufzugeben, auch oder gerade wenn sehr viel Geduld nötig ist.

Kürbissuppe

Zutaten
Für 12 Personen

1 Hokkaido-Kürbis (mittlere Größe)
1 Muskatkürbis (mittlere Größe)
2 kg mehlig kochende Kartoffeln
2 Zwiebeln
2 Stangen Lauch
1 Zehe Knoblauch
3 gr. Karotten
1 kl. Sellerieknolle

Gewürze:
kl. Stück Ingwer
2 Lorbeerblätter
6 Stängel glatte Petersilie
Muskatnuss
2 Stängel frischen Liebstöckel
400 g geriebener Parmesan
Meersalz, Curry, Pfeffer
Creme Fraiche

Zubereitung
Gemüse waschen, schälen, klein schneiden und in einem großen Topf in reichlich Olivenöl anbraten. Mit Wasser auffüllen. Den fein geriebenen Ingwer, Lorbeerblätter, etwas geriebene Muskatnuss, Liebstöckel, 3 Stängel glatte Petersilie, ein Stück Kruste eines Parmesankäses (vorher gut abwaschen, ggf. abschaben) sowie einen Teelöffel Meersalz dazu geben und 20 Minuten leicht köcheln lassen. Wenn alles weich gekocht ist, Liebstöckel, Lorbeer, Petersilie und Parmesankruste wieder heraus nehmen und das Gemüse pürieren. Die Suppe mit Curry, Pfeffer, ggf. Salz und Olivenöl abschmecken. Eventuell Flüssigkeit (Gemüsebrühe) bis zur gewünschten Konsistenz hinzugeben. Kurz vor dem Servieren reichlich geriebenen Parmesan und Creme Fraiche unterheben und kräftig umrühren. Die mitgekochte und dann weiche Parmesankruste in

sehr kleine Stücke schneiden und in die Suppe mischen. In einer Pfanne Pinienkerne (Kürbiskerne/ Mandeln oder Sonnenblumenkerne eignen sich auch) kräftig anrösten und zur Suppe reichen.

Büro für Migration und Integration
Uhlandstraße 4
79102 Freiburg
Tel.: 0761 / 201-3055

Büro für Migration und Integration

Das Büro für Migration und Integration ist eine städtische Anlaufstelle für alle Freiburgerinnen und Freiburger rund um das Thema Migration. Wir koordinieren und vernetzen Initiativen, Angebote und Träger im Bereich der Integrationsförderung und stellen sicher, dass bei kommunalen Entscheidungen die Belange von Migrantinnen und Migranten Beachtung finden. Wir qualifizieren Fachkräfte, bieten Fortbildungen an und fördern und unterstützen die interkulturelle Öffnung von Behörden und Institutionen.

An was erinnert Sie diese Suppe?

Dieses Suppenrezept spiegelt unseren Arbeitsalltag im Büro. Die Suppenzutaten kommen – wie viele Freiburgerinnen und Freiburger – von überall. Das Resultat sollte farbig und sonnig sein – so wie wir uns das gesellschaftliche Zusammenleben wünschen.

Wann wird diese Suppe in ihrer Kultur gekocht?

Der Kürbis als – mittlerweile – regionales Gemüse eignet sich als Basis besonders gut. Er hat als eine der ältesten Kultur- und Nahrungspflanzen eine 8000 Jahre lange Geschichte und Tradition. Anzunehmen ist, dass Kürbisse bereits zwischen 5000 und 3000 vor unserer Zeitrechnung von den Indios in Peru und Mexiko angebaut wurden. Nicht nur zum Essen, sondern auch als Topf, Löffel, Karaffe oder Musikinstrument ist der Kürbis zu nutzen.

Beschreiben Sie die Düfte, die Sie damit verbinden.

Beim Kochen kann sich jede/r in eigene Duftwelten mitnehmen lassen: Olivenöl aus Kreta, Kartoffeln aus Venezuela, Zwiebeln aus Afghanistan, Lauch aus Ägypten, Knoblauch aus Bosnien, Karotten aus dem Iran, Knollensellerie aus dem Schwarzwald, Ingwer aus China, Parmesan aus Italien, Liebstöckel

aus Pakistan, Muskatnuss von den Banda-Inseln, Lorbeer aus Griechenland, Petersilie aus Syrien, Meersalz aus Sizilien, Pfeffer aus Brasilien, Curry aus Indien, Creme Fraiche aus Frankreich, Pinienkerne aus der Türkei, Sonnenblumenkerne aus Russland, Mandeln aus dem Irak.

Tipps für Frauen:

Die Teestuben unseres Projektes „FrauenSTÄRKEN im Quartier“ in zehn Freiburger Stadtteilen (Haslach, Wiehre, Littenweiler, Weingarten, Stühlinger, Brühl, Betzenhausen, Rieselfeld, Landwasser, Zähringen) sind Treffpunkte für alle Freiburger Frauen. Neue Freiburgerinnen sind herzlich willkommen!

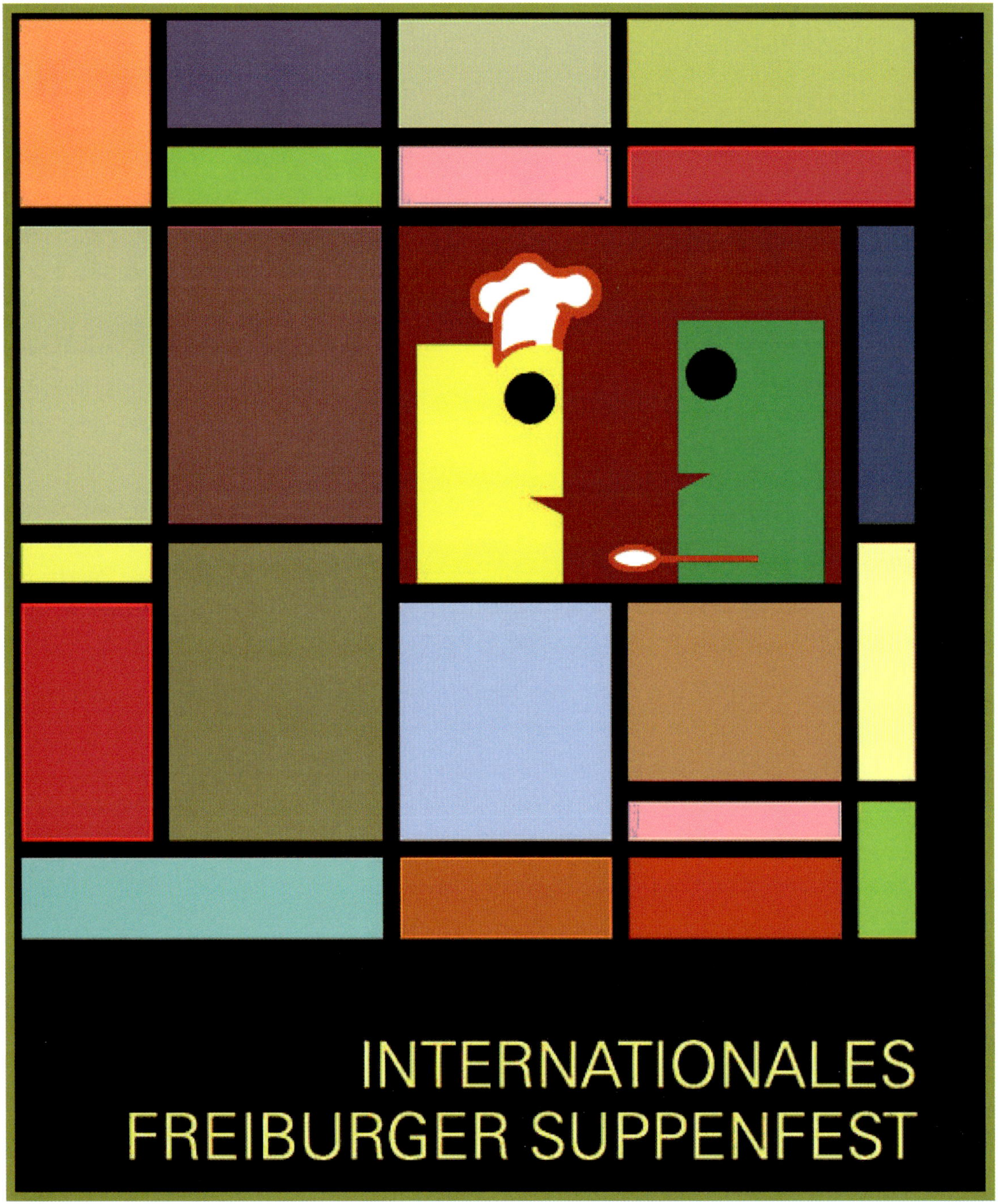
INTERNATIONALES
FREIBURGER SUPPENFEST

Internationales Freiburger Suppenfest

Bereits zum dritten Mal veranstaltet Südwind Freiburg e.V. in Kooperation mit dem Stadttheater Freiburg und 15 internationalen Vereinen und Initiativen im Oktober 2011 ein Internationales Suppenfest in der „Villa Global".

FreiburgerInnen aus aller Welt laden zum Suppengenuss aus aller Welt. Suppen erzählen von den materiellen und sozialen Lebensbedingungen der Menschen, von Traditionen und Ritualen, aber auch von Veränderungen und Wandel.

Globalisierung und Migrationsbewegungen haben ihre Spuren auch in den Suppen hinterlassen: Kostbare und ganz neue Zutaten kommen hinzu, andere verschwinden. Ob in Deutschland, in der Türkei, im Senegal, Indonesien, Italien oder Russland – eine dampfende Suppe im Topf verbreitet spontanes Wohlgefühl und stärkt die Lebensgeister. Die Suppe wärmt Körper und Seele und kommt bei Arm und Reich auf den Tisch, egal wo auf der Welt.
In einer Suppe kocht zusammen, was zusammen gehört. Sie verbindet die Zutaten im Topf und bringt Menschen einander näher.

Mit dem Freiburger Suppenfest wurde die Idee des Festival La Louche d´Or (die goldene Suppenkelle) aufgegriffen, die in der französischen Stadt Lille 2001 als nachbarschaftlich-kulinarisches Fest kreiert wurde. Andere Städte wie Barcelona, Bologna, Krakau, Erfurt und Berlin sind ihr dabei schon gefolgt.
Die Idee des Festes ist so einfach wie faszinierend: Die Suppe ist ein grundlegendes Nahrungsmittel, das sich in den Kochkulturen aller Länder findet.
Die Vielfalt im Suppentopf ist nicht nur ein kulinarischer Reichtum, sondern auch ein Symbol für die Bereicherung unserer Gesellschaft durch Migration und ein Ausdruck von Vielfalt und Verschiedenheit der BürgerInnen Freiburgs.

Unser Rezept zur Gestaltung der gemeinsamen Zukunft:
Alle aus einen Topf gemeinsam an einem Tisch. Die Zutaten sind Engagement für die gleichberechtigte Teilhabe ALLER BürgerInnen am gesellschaftlichen, politischen und kulturellen Leben. Ohne Diskriminierung oder Benachteiligung durch Herkunft, Religion, Geschlecht oder unterschiedliche Lebensentwürfe.

Marion Bär
Südwind Freiburg

Infos zu den jährlich stattfindenden Freiburger Suppenfesten sind erhältlich unter:

Südwind Freiburg e.V.
Faulerstraße 8
79098 Freiburg
Tel.: 0761 / 405555

Rezeptregister

Die Suppenrezepte sind in alphabetischer Reihenfolge und in der deutschen Bezeichnung aufgeführt.

Adressen A bis Z

Der Anhang erhebt keinen Anspruch auf Vollständigkeit. Er stellt lediglich einen Auszug der vielfältigen Angebote für Frauen in Freiburg sowie die von den Frauen in diesem Buch vorgestellten Einrichtungen dar.

Migrationsberatung

Migrationsfachdienst der Diakonie
Krozinger Straße 7
79114 Freiburg
0761 / 89 15 38
migration@diakonie-freiburg.de

Südwind Freiburg e. V.
Faulerstraße 8
79098 Freiburg
0761 / 40 55 55
frauen@suedwind-freiburg.de

Fachdienst Migration (insbesondere Frauen aus nicht EU-Ländern) Caritasverband Freiburg-Stadt e.V.
Komturstraße 36
79106 Freiburg
0761 / 50 47 80
komturhof@caritas-freiburg.de

Migrationsberatung Deutsches Rotes Kreuz (insbesondere Rückkehrberatung)
Komturstraße 36
79106 Freiburg
0761/ 503 58 15
migrationsberatung@drk-freiburg.de

Fachdienste für Flüchtlinge / Diakonie Freiburg
Dreisamstraße 3-5
79098 Freiburg
0761/36 89 11 37
andresen@diakonie-freiburg.de

SAGA
Südbadisches Aktionsbündnis Gegen Abschiebung
Adlerstraße 12
79098 Freiburg
0761 / 2 08 84 08
saga@rasthaus-freiurg.org

Büro für Migration und Integration Stadt Freiburg (Koordination)
Uhlandstraße 4
79102 Freiburg
0761 / 201 30 56
migration@stadt.freiburg.de

Fachkommission des Migrantinnen- und Migrantenbeirates Stadt Freiburg (keine Einzelfallberatung)
Uhlandstraße 4
79102 Freiburg
0761 / 2 01 30 57
migrantenbeirat@stadt.freiburg.de

Anlaufstellen in den Stadtteilen Freiburgs

Freiburg-Betzenhausen
Frauentreff im Franz-Hermann-Haus
Sundgauallee 8
79110 Freiburg
Do 14.00 - 17.oo Uhr
Nadzeya Chechka

Freiburg-Brühl-Beurbarung
Frauentreff Brühl-Beurbarung
Tennenbacher Str. 36
79106 Freiburg
Di 9.30 - 12.30 Uhr
Meral Gründer

Freiburg-Haslach

Frauentreff Haslach
Melanchthonweg 9b
79115 Freiburg
Di 9.30 - 12.30 Uhr
Sarghuna Nashir-Steck

Stadtteilbüro Haslach
Melanchthonweg 9b
79115 Freiburg
0761 / 7 67 90 05
haslach@nachbarschaftswerk.de

Freiburg-Hochdorf

Mütterzentrum Hochdorf e. V.
Hochdorfer Straße 2
79108 Freiburg
07665 / 93 00 25
info@muetterzentrum-hochdorf.de

Freiburg-Landwasser

Frauentreff im Haus der Begegnung Landwasser
Habichtweg 48
79110 Freiburg
Mi 9.30 - 12.30 Uhr
Patricia de Santiago

Freiburg-Littenweiler

Frauentreff im Gemeindehaus der Auferstehungskirche
Kapplerstraße 25
79117 Freiburg
Di 9.00 - 12.00 Uhr
Dilek Gezer-Halici

Freiburg-Rieselfeld

Frauentreff im Glashaus
Maria-von-Rudloff-Platz 2
Mo 9.30 - 12.30 Uhr
Lejla Karovic-Kersting
K.I.O.S.K e.V.
Maria-von-Rudloff-Platz 2
79111 Freiburg
Telefon 0761 / 7 67 95 60
kiosk@rieselfeld.org

Freiburg-Stühlinger

Interkulturelle Teestube
Fehrenbachallee 50
79106 Freiburg
0761 / 36 89 11 67
teestube@diakonie-freiburg.de
Di 9.00 – 12.00 Uhr
Melanie Beulich

Quartiersladen Stühlinger
Ferdinand-Weiss-Straße 117
79106 Freiburg
0761 / 7 67 10 32
Stuehlinger@nachbarschaftswerk.de

Mütter- und Familienzentrum
Klara e. V.
Büggenreutherstraße 12
79106Freiburg
0761 / 27 20 51
vorstand@mueterzentrum-klara.de

Freiburg-Unterwiehre

Frauentreff Langemarckstraße
Langemarckstr. 97
79100 Freiburg
Mi 9.30 - 12.30 Uhr
Sarghuna Nashir-Steck

Frauen im Südwind e.V.
Lorettostraße 42
79100 Freiburg
0761 / 4 01 98 05
frauen@suedwind-freiburg.de

Freiburg-Vauban

Mütterzentrum Lindenblüte e. V.
Haus 037/DG
Marktplatz Vauban
Alfred-Döblin-Platz 1
79100 Freiburg
info@lindenbluete-vauban.de

Freiburg-Weingarten

Frauentreff Mehrgenerationenhaus
Freiburg Erwachsenenbegegnungsstätte Freiburg-Weingarten (EBW)
Sulzburger Str. 18
79114 Freiburg
Mo 9.30 - 12.30 Uhr
Virginia Gamarra De Lang

Stadtteilbüro Forum Weingarten 2000 e.V.
Krozinger Str. 11
79114 Freiburg
07 61 / 4 66 11
info@forum-weingarten-2000.de

Mütterzentrum Freiburg Mütze e.V.
Krozinger Straße 11
79114 Freiburg
0761 / 44 10 31

Freiburg-Zähringen

Zähringer Frauentreff
Alban-Stolz-Str. 18
79108 Freiburg
Di 15.30 - 18.30 Uhr
Patricia de Santiago

Schwangeren- und Familienberatung

Diakonisches Werk
Dreisamstraße 3-5
79098 Freiburg
0761 / 36 89 11 48
skb@diakonie-freiburg.de

Donum vitae Region Freiburg e. V.
Leopoldring 7
79098 Freiburg
0761 / 2 02 30 96
donum-vitae-freiburg@t-online.de

Pro Familia Ortsverband Freiburg e.V.
Humboldstraße 2
79098 Freiburg
0761 / 29 62 56
freiburg@profamilia.de

Das Diakonische Werk, Donum vitae e. V. und Pro Familie e.V. beraten auch nach § 219 StGB

Sozialdienst katholischer Frauen e. V.
Colombistraße 17
79098 Freiburg
0761 / 2 96 23 30
info@skf-freiburg.de

Beratung zu Erziehung

Kompetenzzentrum „Frühe Hilfen"
Günterstalstraße 17
79102 Freiburg
0761 / 8 96 41 40
kompetenz@stadt.freiburg.de

Psychologische Beratungsstelle für Ehe-, Familien- und Lebensfragen
Dreisamstraße 5
79098 Freiburg
0761 / 3 89 08 90
info@efl-freiburg.de

Ehe + Familie
Jacob-Burckhardt-Str. 13
79098 Freiburg
0761/3 86 89 30
info@ehe-familie-freiburg.de

Psychologische Beratungsstellen für Eltern, Kinder und Jugendliche der Stadt Freiburg
Günterstalstr.17
79102 Freiburg
0761 / 8 96 41 30
pb-guenterstalstrasse@stadt.
freiburg.de
Krozinger Straße 19 b
79114 Freiburg
0761 / 2 01 38 64
pb-krozingerstrasse@stadt.freiburg.de

Leisnerstraße 2
79110 Freiburg
0761 / 2 01 38 59
pb-leisnerstrasse@stadt.freiburg.de

Psychosoziale Beratung in Familienkrisen
Bildung und Leben e.V.
Günterstalstr.41
79102 Freiburg
0761 / 7 87 61
psb.freiburg@t-online.de

Spezifische Beratungsstellen für Frauen

Beratungsstelle für Mutter-Kind-Kuren / Diakonie Freiburg
Dreisamstraße 3-5
79098 Freiburg
0761 / 36 89 11 74
massatsch@diakonie-freiburg.de

Frauen- und Mädchen Gesundheitszentrum e.V.
Basler Straße 8
79100 Freiburg
0761 / 2 02 15 90
info@fmgz-freiburg.de

FrauenZimmer-Suchtberatungsstelle für Frauen und Mädchen
Basler Straße 8
79100 Freiburg
0761 / 3 22 11
suchtberatung@frauenzimmer-freiburg.de

Frauenhorizonte – gegen sexuelle Gewalt e.V.
Basler Straße 8
79100 Freiburg
0761 / 2 85 85 85
info@frauenhorizonte.de

Wildwasser Freiburg e.V. – Beratungs- und Informationsstelle für sexuellen Missbrauch für Frauen und Mädchen
Basler Straße 8
79100 Freiburg
0761 / 3 36 45
wildwasser-freiburg@gmx.de

SkF-Treff Freiburg
Aids-Beratungsstelle für Frauen
Colombistraße 17
79098 Freiburg
0761 / 28 00 31
treff@skf-freiburg.de

Frauen-Beratungsstelle bei häuslicher Gewalt (Interventionsprojekt gegen häusliche Gewalt)
Wölflinstraße 4
79102 Freiburg
0761 / 3 10 72
frig-shg@web.de

Frauen- und Kinderschutzhaus Freiburg e.V.
Postfach 56 72
79023 Freiburg
0761 / 3 10 72 (24 Stunden)
info@frauenhaus-freiburg.de

P.I.N.K – Beratung für Sexarbeiterinnen / Diakonie Freiburg
Schwarzwaldstraße 24
79102 Freiburg
0761 / 2 16 99 18
00 49 / 1070 / 9 15 54 09
pink@diakonie-freiburg.de

Medinetz e.V. (Zugang zu medizinischer Versorgung ohne Papiere)
Adlerstraße 12
79098 Freiburg
info@medinetz.rasthaus-freiburg.org

Kontaktstelle Frau und Beruf Stadt Freiburg
Schlossbergring 1
79098 Freiburg
0761 / 2 01 17 31
frau_und_beruf@stadt.freiburg.de

Freiraum – Hilfen für Frauen in Wohnungsnot / Diakonie Freiburg
Schwarzwaldstraße 24
79102 Freiburg
0761 / 7 07 52 60
freiraum@diakonie-freiburg.de

Helferkreis für werdende Mütter in Bedrängnis
Kartäuserstraße 64a
79102 Freiburg
0761 / 28 97 00

Interkultur

ent-ra Kunstsoftware / Kreative ComputerSchule
ent-ra GbR
Krozingerstraße. 7
79114 Freiburg
0761 / 4 88 27 41

info@ent-ra.de

E-Werk Freiburg Interkulturelle Kulturarbeit
Eschholzstr. 77
79106 Freiburg
07 61 / 20 75 70

ewerk@ewerk-freiburg.de

Verein zur Förderung und Mitgestaltung einer Städtepartnerschaft Freiburg-Wiwili e.V.
Kronenstr. 16a
79100 Freiburg
0761 / 4 76 60 09

dialog@wiwili.de

Centre Culturel Français Freiburg e. V.
Münsterplatz 11
79098 Freiburg
07 61 / 20 73 90

info@ccf-fr.de

Kommunikation und Medien e.V. Interkulturelle Medienarbeit für Jugendliche/ Erwachsene/ Fachkräfte
Stühlingerstr. 8
79106 Freiburg
07 61 / 29 28 19 73/-4
eble@kommunikation-und-medien.de

Barbara Angelé Trainerin für Kleindkindpädagogik
Ferdinand-Weiß-Str. 115
79106 Freiburg
07 61 / 12 01 74 08
kontakt@barbara-angele.de

Weitere wichtige Informationen erhalten Sie im Frauen Handbuch über die Stelle zur Gleichberechtigung der Frau, Frau Ursula Knöpfle, Fahnenbergplatz 4, 79098 Freiburg.

Sowie in dem Buch: Offene Türen. Rat und Hilfen in Freiburg. Der Sozial-Kompass für Hilfen und Beratungsangebote im Sozial- und Gesundheitsbereich erhältlich über den Freiburger Buchhandel (Schutzgebühr 8,90€).

Im Internet erhalten Sie unter www.infokiosk-freiburg.de weitere Informationen

Die Adressen von interkulturellen Vereinen und Initiativen können über Südwind e.V. bezogen werden.

Notizen

Mitwirkende Frauen

Adriana Cediel Jimenez
Alissar Rihan
Arzu Demirel
Barbara Angelé
Chang Chi Pink-Wan
Cui Li
Dilek Gezer
Elena Khramtsova
Evelyn Gierth/Büro für Migration und Integration
Fiona Brauer
Frauentreff Brühl-Beurbarung
Gabi Rolland
Gordana Šimic
Hatice Eksin
Hatice Mamoon
Hawa Goxhaj
Inna Sawal
Irina Gotmann
Laila und Aileen Koller
Lina Bayrouti
Lucia Rolim-Schulz
Marjolein Kamp
Marion Bär
Natali Čulo
Natália Bragança
Oko
Olena Lytvynenko
Randa Dakhel
Regina Gensler
Tomomi Frattini
Tsvety Hugger
Urszula Piechota
Uta Linß
Vera Löffler
Wenjuan Wu
Yamina Tahiri
Yaosca Padilla de Rothmund
Yeliz Durmus-Yilmaz
Yuanxiao Wang

Danksagung

Wir, Melanie Beulich, Leiterin der interkulturellen Teestube im Stühlinger und Irene Schumacher/Medienpädagogin, möchten uns ganz herzlich bei allen bedanken, die uns bei der Umsetzung unseres Vorhabens unterstützt haben. Besonders herausheben möchten wir diejenigen Frauen, die einen Beitrag für das Suppenkochbuch verfasst haben. Danke für das Interesse, das Vertrauen, die Mühe und Geduld sowie die vielen köstlichen Suppen, die sie für einige aus dem Redaktionsteam gekocht haben. Auch danken wir allen Leiterinnen der XENOS-Frauen STÄRKEN im Quartier-Treffpunkte, die die Idee unterstützten und Frauen motivierten, sich am Projekt zu beteiligen.

Wir bedanken uns bei Gabi Rolland, die uns zusammengebracht hat. So konnten wir beide unsere Idee, gemeinsam mit Frauen aus unterschiedlichen Ländern ein Kochbuch zu produzieren, verwirklichen. Angelika Hägele hat als stellvertretende Geschäftsführerin des Diakonischen Werkes Freiburg das Projekt auf den Weg gebracht und sich während der Umsetzung dafür eingesetzt.

Bei Annette Aly bedanken wir uns besonders für die kreativen Impulse und Umsetzung einer Schreibwerkstatt, deren Ergebnisse hier in das Buch mit eingeflossen sind. Fiona Brauer und Rosalie Zürn unterstützten uns als Praktikantinnen und wir danken ihnen für ihren engagierten Einsatz. Oliver Genzow verschönerte dieses Buch durch sein unermüdliches Lektorat.

Ebenfalls herzlichen Dank an alle Kooperationspartnereinrichtungen für ihre Unterstützung: Marion Tritschler/Quartiersladen Stühlinger/Nachbarschaftswerk, Pfarrer Habel/Kreuzgemeinde, Kommunikation und Medien e.V. und Kubus^3 Projektwerkstatt und an alle, die durch ihre Unterstützung den Druck des Buches ermöglicht haben (Auflistung vorne).

Irene Schumacher und Melanie Beulich
Projektleiterinnen

Vitas

Projektleitungen „Suppenkochbuch"

Irene Schumacher

Dipl. Sozialpädagogin, Medienpädagogin

Während des Studiums der Sozialpädagogik in Freiburg entdeckte ich die Potentiale der Medienpädagogik für die Soziale Arbeit. 1991 setzte ich Video- und Computerprojekte mit bildungsfernen Zielgruppen um. Durch die rasante Technikentwicklung inspiriert, konzipiere ich immer wieder neue pädagogische Angebote zur Medienkompetenzförderung von Kindern, Jugendlichen, Erziehenden und Fachkräften in Jugendhilfe und Bildung. Seit fünf Jahren bin ich für den Verein Kommunikation und Medien e.V. und freiberuflich in der Medienpraxis, Fortbildung und als Fachbuchautorin tätig. Ich beschäftige mich mit innovativen Konzepten zur Chancengleichheit, Gerechtigkeit und Teilhabe im digitalen Zeitalter.
Ein besonderer Schwerpunkt stellt die Medienarbeit mit Mädchen und Frauen dar. Mit Begeisterung setzte ich deshalb das Suppenkochbuch für die Diakonie Freiburg um.

Melanie Beulich

Dipl. Sozialpädagogin/-arbeiterin

Während meines Studiums der Sozialpädagogik setzte ich bereits die Schwerpunkte Arbeit mit Frauen und Mädchen sowie Migration. Im Rahmen meiner Tätigkeit beim Diakonischen Werk leite ich – neben dem Fachbereich Schuldnerberatung – seit 2009 die Interkulturelle Teestube im Stühlinger. Mit meiner Arbeit möchte ich einen Raum mit und für Frauen aus allen Kulturen schaffen, in welchem Verständigung und Akzeptanz von Vielfalt möglich ist. Aus diesem Projekt heraus entwickelte sich die Idee zum Freiburger Suppenkochbuch mit Frauen aus verschiedenen Nationen.

Umsetzung Schreibwerkstatt

Annette Aly

Dipl. Sozialarbeiterin

Sprache ist meine Leidenschaft. Als Sozialarbeiterin, Supervisorin und Privatfrau. Ich schreibe und rede gerne mit Phantasie, solide erlernter Technik und Liebe zum Detail. Und so war es ein reizvoller „Auftrag", eine Schreibwerkstatt für Frauen mit so vielen unterschiedlichen Muttersprachen zu gestalten. Hauptberuflich bin ich seit 22 Jahren für die Diakonie Freiburg tätig.
Ich schreibe Kurzgeschichten, Essays, Glossen, auch als Auftragstexte. Schreibwerkstätten biete ich gerne für soziale Einrichtungen an.